我终究是愛你的。

Amy Chang

張小嫻

content

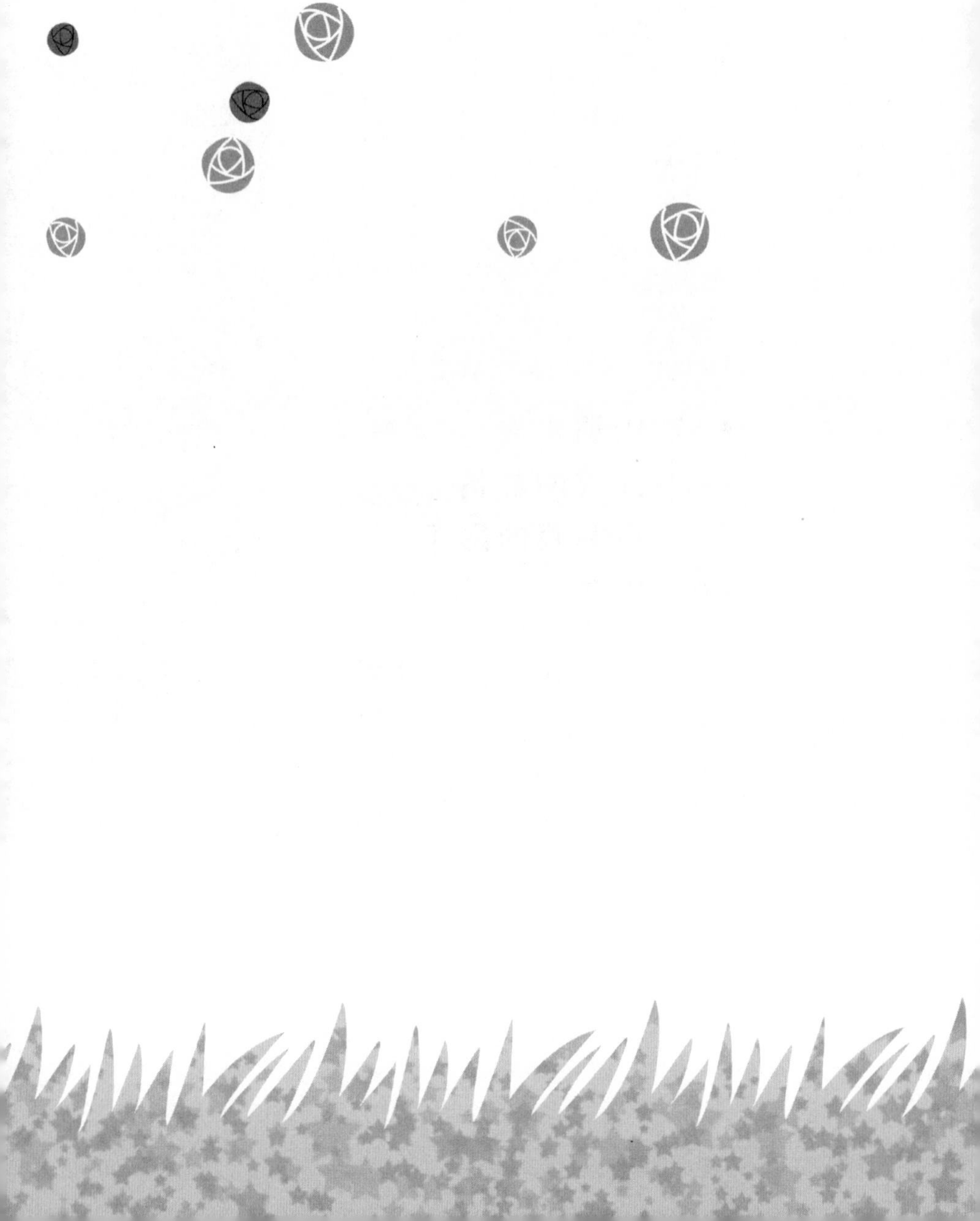

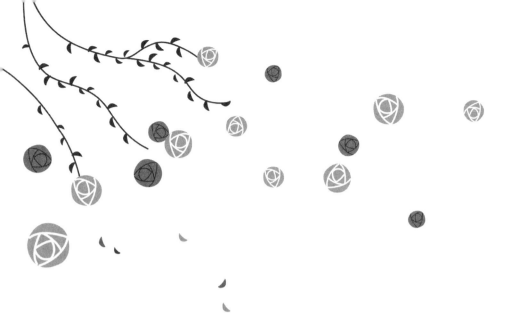

第一章

山窮水盡

那個屬於她的檔案上面還寫著什麼？

1

她凝立在歌劇院走廊那塊告示板前方，垮著兩個細瘦的肩膀，一動不動，就彷彿她已經這樣站著很久了。

那張長長的名單上沒有她的名字。

一如所料，她落選了。

她咬著嘴唇，跟自己說：

『不過就是一齣歌舞劇罷了。』

啊，不過是一齣她很想演的歌舞劇罷了。裡面有個小角色——劇中那個惡魔的花園裡眾多吃人花的其中一朵。

也許，要是一年前，她並不那麼渴望演這種佈景板般的小角色。可她已經很久沒工作了。有三個月吧？還是已經四個月了？她記不起來這段漫長的日子總共有多少回，就像今天這樣，她又落選了。

今天一大早來到這個歌劇院的舞台上，她戰戰兢兢地試著跳一段舞。由於她沒見過吃人花，她張牙舞爪地，儘量跳出一副吃人不吐骨的可怕模樣。然而，舞跳到一半的時候，她瞥見坐在台下負責選角的副導演突然朝她張大嘴巴。

她以為他想喊停。原來，他是在打呵欠。

那一刻，她明白自己沒機會了。

可她還是抱著一絲希望回來。

她腳下像生了根似的，依舊杵在告示板的前方，固執地望著那張無情的名單，彷彿只要再這樣多看幾回，也許會有奇蹟出現。她會突然發現自己的名字原來一直也在上面，她剛剛不知道為什麼沒看見。

但是，今天不會有奇蹟了。

很久以後，她終於動了一下，跨出一步，然後又一步，戀戀不捨地離開那塊告示板。

這時，一陣風吹起，那份名單的一角捲起了，露出底下第二頁。她沒看見。

直到許多年後，她才知道她的名字在上面。

她推開歌劇院的玻璃大門時，一陣冷風灌進來，她趕緊把頭上那頂毛線帽拉低了些，打開手上的雨傘，孤零零地走在霏霏雨霧中。

她個兒嬌小，右手白皙的手腕上戴著一只綠橄欖石串成的手鐲。毛線帽下一雙黑亮的圓眼睛露出做夢般的神情。這雙眼睛好像一直都看著遠方不知名的某一點。她臉色有點蒼白，髮絲紛亂地貼著臉龐，那頂毛線帽的帽緣有個破洞。她身上裹著一條單薄的羊毛裙子，裙腳的地方已經走了線，腳上那雙深紅色的尖頭麖皮短靴已然磨破，肩上掛著的那個大如郵袋的包包也很破舊了。

二十四歲的她正值荳蔻年華，這個年紀的女孩子都愛美，她看上去卻有點邋遢。但她的邋遢並不使人討厭，而是像一隻披著雪白羽毛的小鳥不小心掉到一窪污水裡似的，使她那張清純的臉蛋益發顯出一份飄零無依的感覺。

2

她像朵枯萎的鬱金香那樣低垂著頭，在賓館的樓梯上踱著。又髒又舊的樓梯兩旁丟了些垃圾，轉角處一個香爐裡插著幾支正在燃燒的香枝，灰燼如飛絮般掉落在她那雙紅色短靴的鞋尖上。她沒理會。她爬上二樓，推開賓館那扇黏膩膩的泛著油光的玻璃門進去。

昏黃的走廊上彌漫著一股汗酸味，幾個非洲男人蹲在那兒，朝她露出白晃晃的牙齒。她沒看見。

她從他們身邊經過，掏出一把鑰匙，朝最後一個房間走去。當她走近了些，她看到她那只小小的行李箱孤零零地給丟在門外。

她連忙走上去，蹲在地上打開行李箱，翻開裡面塞得滿滿的東西看。她一直翻到底，沒有她要找的東西。這時，一把聲音在她背後冒出來。

那把粗啞的女聲說：

『我早跟你說過，今天再不交租就得給我滾！』

她轉過去抬起頭，望著中年女房東那張蠟黃的大臉肧。

她張開嘴想說話，唇上長著鬍子的女房東搶白說：

『你別再擺出一副可憐相！』

她站起來，焦急地說：

『我還有一樣東西在裡面！』

她說著抓住房間的門把，想用她那把鑰匙開門。孔武有力的女房東這時從她手上搶走那把鑰匙，瞪著她說：

『你的東西全在這兒了！』

『不！求求你，讓我進去看看！』她一隻手緊緊抓住門把不放。

女房東瞅了她一眼，撇撇嘴，用鑰匙打開門，粗魯地說：

『我可沒看見你有什麼值錢的東西！』

門一開，她立刻衝進去關上門，房間裡面黑漆漆的，她亮起天花板上一盞昏黃的燈。

門後面原本用來掛毛巾的鈎子那兒掛著一幅長十七吋寬十二吋的仿製油畫，是梵谷著名的『星夜』。

『這是我的。』她低聲說。

3

雨停了，她手臂下面夾著那幅『星夜』，拖著那只粉紅色迷彩行李箱，越過馬

路，穿過一條長街，幾步之遙那家星巴克咖啡店的燈光看起來多麼溫暖。

她推開門走進去，一陣咖啡的暖香撲鼻而來，裡面的座位都給人佔住了。她逕直走到報紙架那兒，拿起一份日報，翻到占星欄那一版，就站在那兒讀起來。

月亮今天進入第二宮，
你會一下子情緒化起來，
別讓多愁善感牽著你的鼻子走，
你究竟追求什麼？
凡事總向壞的方向想是雙魚座的通病。

這時，她無意中看到占星欄隔壁那一版有一則廣告。

她讀了那則廣告，悄悄把它撕下來藏在身上那條羊毛裙子的口袋裡。

然後，她把報紙放回去。

經過收款櫃台旁邊那個亮晶晶的糕餅櫃時，她嚥了嚥口水，拖拉著腳步。

她掏出一張十元鈔票在麵包店裡買了兩個甜麵包，把贖回來的七塊錢五角謹慎地放回去她那個印滿罌粟花圖案的褪色尼龍荷包裡。然後，她坐到附近公園的長椅上開始吃麵包。

她嘴裡塞滿麵包，從身上裙子的口袋裡摸出剛才撕下來的一角報紙。

她撥開了前額遮住眼睛的幾綹髮絲，又讀了一遍那個廣告。

高級酒吧誠聘鋼管舞孃，
樣貌端正，
毋須經驗，
可提供訓練，
工作自由，
薪水優渥。

她很久以前讀過一本星座書，書上說，多情善感又悲觀的雙魚座女孩是絕佳的應召女郎和出色的脫衣舞孃。

早點相信的話，她便不用繞一個大圈子了。這條路不是比較好走嗎？幹嘛要夢想當舞蹈員？自從一年前她工作的那個小舞團解散之後，她就沒接過什麼好角色。機會都輪不到她，也許，她根本就不是跳舞的材料。

但是，鋼管舞誰不會跳呢？

她如今已經山窮水盡。荷包裡那七塊錢五角就是她僅有的了。誰會罵她沒有潔身自愛？

要是哥哥有一天回來，認出那個濃妝豔抹，在霓虹燈閃耀的長吧台上抱著一根鋼管賣弄風情的女孩是她，哥哥只會匆匆把自己身上的大衣脫下來替她披上。

『哥哥，我好羞愧啊！你可以原諒我嗎？』

『別傻了，你沒做錯事！』

『哥哥，我好累，我真的累了。』

哥哥會救她離開那個鬼地方。他們兩個人又再生活在一起。

她重又變回乾淨和純潔。

在她的想像裡，哥哥總是會原諒她的錯。

太扯了！她到底在胡思亂想什麼嘛？

她嚥下最後一口麵包，用手指抹了抹嘴唇上的碎屑，咬咬牙，把那個廣告摺小，塞進去罌粟花荷包裡。

然後，她從長椅上站起來，拖著行李朝公園外面的巴士站走去。

4

下了巴士之後，她在路邊站了一會。黃昏星亮起，她睏倦地走過三個街口，越過一條小馬路。

經過一間教堂時，一個女人派給她一張綠色的傳單。她瞄了一眼上面的兩行大字。

耶和華是我的牧者，
我必不至缺乏。

她把傳單隨手塞進身上的包包裡，抄捷徑穿過一條小巷，來到一幢掛滿霓虹招牌的大廈。

大廈外面豎著一個長方形的光管招牌，上面寫著：心心撞球室。

她吃力地拖著行李箱走下那條通往地窖的窄樓梯。兩個男人走上來，她側身讓他們經過。

走到地窖，她推開撞球室的玻璃門進去。

大部分的球桌都給人佔住了，她從兩張球桌之間經過，瞥見左邊一個男人一桿把紅球入洞。

她朝櫃台那邊走去。櫃台裡那個正在忙著的女孩子看到她，說：

『你頭髮長了很多啊！』

『嗨，小玫！』她疲倦地打了個招呼。

女孩的手腕上有個玫瑰花的刺青，大家都叫她小玫，兩個人的年紀差不多。

她逕自拖著行李箱走進櫃台裡，把東西擱到一邊，然後很熟練地抓起一只紙杯從水機裡倒水喝，骨碌骨碌的一連喝了三杯。

小玫長得黑黑瘦瘦，身材像男孩。

『你旅行回來啊？』小玫問。

『呃？不。我今天晚上可以在這裡睡嗎？』她陷進櫃台一角那張綠色絨面的椅子裡。『我跟我哥吵架了！他呀，老是愛管我幾點回家！所以我索性不回去了！』

她疲憊不堪，趴在櫃台上，臉埋手臂裡睡覺。

『有個男人打電話來找過你好多次。我說你已經沒有在這裡上班了。他問我去哪裡可以找到你，我就說我不知道。我是真的不知道啊！你那時不是說要去當舞蹈員嗎？』

『對呀！我四處演出，好忙啊！』她頭沒抬起來，懶懶的問：

『他有沒有說他是誰？』

『他說是律師行的人，又問我有沒有你的電話號碼。我就把我以前男友的號碼給了他，那個混蛋一直背著我亂搞！』

她趴在櫃台上笑了起來。

小玫拉開櫃台邊一個放滿雜物的抽屜，找了很久，終於找到一張皺巴巴的便條紙。

『他留了電話號碼給你，要你一定找他。你認識律師的嗎？』

她好睏，頭挨在一條手臂上不思不想，沒去理會那張紙。

過了很久，由於好奇心的驅使，她終於抬起臉，一隻手支著頭，看了一眼那張便條紙，上面寫著一個陌生的名字和一個電話號碼。

『現在幾點啦？』她問小玫。

小玫看看錶：『八點啦。』

『律師行這時候下班了麼？』

『我又沒當過律師！』

她揉揉眼睛，伸長手臂把櫃台邊的那台電話機拉過來，拎起話筒，按下了那個號碼。

電話接通了，那一頭傳來一個男人的聲音。

『我想找戴德禮律師。』

『我是。你是哪一位？』

『我是路喜喜，是你找過我嗎？』

『路喜喜？你等一等——』

電話那邊傳來窸窸窣窣好像翻文件的聲音。

她握著電話筒，張大嘴巴打了個呵欠。

『你是路喜喜小姐本人嗎？』對方又再說話。

『我是喔。你找我有什麼事？』

『是關於乙明芳女士的。你看看明天可不可以找個時間過來律師行一趟？』對方回答。

『那個人怎麼了？』她無意識地把玩著手腕上那條晶瑩的綠橄欖石手鐲。

『她死了。』

她的嘴唇動了動，皺縮著，隨後，她的嘴角又向兩邊延伸，有那麼短短的片刻，她讓人以為她想笑，那卻不是笑，而是發不出任何聲音，也找不到一個可以說的字。

5

天空飄著毛毛細雨，些許雨點濺到她那雙紅色短靴上，她帶著行李，瑟縮在巴士站裡，依舊穿著昨天那身單薄的衣裙。

巴士的班次似乎不多。她跟戴德禮律師約好了早上十一點半。

巴士，快來吧！

車子一輛接一輛駛過。她茫然地想起那張不快樂的臉。那個人已經死了嗎？是怎麼死的？是自殺麼？那個人似乎一直都活得不順心。她死的時候，是孤零零一個人嗎？

喜喜想起她第一眼看到那張臉的時候，不是這樣的，那是一張滿懷著希望的圓臉。

她六歲那年，有一天，姑娘把她領進去院長的辦公室裡，那張充滿希望的臉孔一看到她，就露出很想討她歡心的燦爛笑容。站在她旁邊那個男人，臉上好像沒有任何表情。

院長跟她說，這兩位是秦先生和秦太太。

秦太太蹲下來，撫摸她的臉，帶著微笑說：

『噢！喜喜！你看起來好小啊！』

一輛巴士駛進車站，車門嘎嘎響地打開，喜喜拖著行李上車。車上只有幾個人，她坐到後座去，把肩上的包包和行李箱放在旁邊。

車子緩緩往前走，她扯下頭上的毛線帽，把雨滴甩到地上，然後又戴回去。帽緣下那雙黑眼睛無神地望著車窗上的雨花。

九月初的一個清晨，那個人和她丈夫來孤兒院把她領回家。她捨不得哥哥，哭鬧著不肯上計程車，他們抱她起來塞進車廂裡。

車子走了很遠的路，停在一幢舊唐樓外面。

她早已經哭累了，那個人抱著她下車。她伏在那個人柔軟的肩膀上，睜開睏倦的眼睛瞧了一眼那幢房子，看見二樓的一個小陽台上爬滿了漂亮的紫色藤蔓。

『這是我們的家！』那個人指給她看。

她的新家是一間有兩個房間的小公寓，長長的屋子，有一排塞滿了書的書櫃。黃色的拼花地磚很舊了，綠色的玻璃窗十分陰鬱。

為她預備的那個房間的床上放滿了新裙子和玩具。

那個人拉著她的手說：

『喜喜，你以後就住在這裡好嗎？』

她淚汪汪的問：

『秦太太，你可不可以也收養我哥哥？』

『要是你乖，我遲些把他接來跟你一起。你以後叫我媽媽，好不好？』

『媽媽。』

那個人好像沒法生孩子，所以只好領養。她丈夫在外面有女人，很少回家。一回家，兩個人就吵架。一吵架，那個男人就會生氣地說：

『阿乙，你這分明是不想我回家！』

他真的乾脆不回來了。

從此以後，那個人不再去照顧她那些藤蔓了，任由它們在陽台上到處攀爬。

每一次，當喜喜跟她提起收養哥哥的事，她總好像沒聽到。終於有一次，她歇斯底里地吼：

『我不會收養你哥哥！我討厭男孩子！我不會再收養，孩子沒啥用處！』

喜喜沒有再提了。

上課的時候，她總是做著白日夢。

在家裡，她雖然試著要感激和可憐那個人，卻不知道為什麼，她就像是報復一樣，常常千方百計把那個人氣瘋。

那個人怨恨地對她說：

『那天我在孤兒院第一眼看到你時，你看來是那麼楚楚可憐，好像要是我不要你，你就完了。可你看你現在，即使只剩下最後一口氣，你也是會跟我對著幹的。你把我給騙了！』

到底是誰騙了誰啊？

那個人卻常常跟朋友抱怨：

『她呀是個沒良心的！早知道我就不要她！錢呀我自己花，用不著為別人養孩子！』

那一年，她十四歲，十一月的一天，她放學回家，發現自己的東西全都收拾好放在門邊。那個人臉朝大門，坐在客廳的一把椅子裡，好像一直等著她回來。

『我已經辦好手續了，孤兒院的人很快會來接你回去。我放棄啦！我管不了你。』那個人冷冷地說。

她哭亂了一張臉，苦苦哀求那個人讓她留下來。

那個人久久地望著她，不動心地說：

『我不會再相信你！不管我怎麼愛你，你也是不會愛我的！你滾吧！滾回去吧！我決定了的事情，是不會改變的。』

突然之間，一陣輕輕的電鈴聲響起，是她們家的電鈴聲。她眼睛裡頓時浸滿了淚水，禁不住回頭望了一眼那扇緊閉的大門。

那個人坐在椅子裡，幽幽地對她說：

『去開門吧，你自由了！這就是你想要的。』

走了那麼多的路，她又回去了。

可是，哥哥已經不在院裡啊。

巴士到站，她下了車，拖著行李穿過一個街口，轉到下一條路，找到戴德禮律師行所在的那幢小型商廈。

她緩緩抬起目光，瞧了一眼上面那些積塵的棕色窗戶，這時她想起那年那天映入她眼簾的，纏繞著陽台的紫色藤蔓。

離開之後，她再沒有回去過了。

6

戴德禮律師行在七樓。喜喜出了電梯，轉向左邊，在走廊盡頭找到那扇門，門上掛著招牌。

她推門進去，一位胖小姐從接待處裡冒出來，問她要找哪一位。

她報上名字，說：

『我跟戴德禮律師約好了。』

那位胖小姐打了一通內線電話給律師的秘書。不一會兒，穿黑色洋裝、盤著髮髻的女秘書朝她走來，她看上去有二十七、八歲，還是三十歲？

『路小姐，請跟我來。』

她拖著行李跟在她後面，走道上堆滿了文件，她不小心弄跌了其中一些。她想俯身拾起來，女秘書朝後瞥了她一眼，說：

『喔，沒關係，由得它吧！』

面積不大的辦公室裡有幾個職員，每個人面前的文件都疊得高高的，沒有一個人有開抬起頭來看她。

她們來到一個房間外面，女秘書敲了敲那個深色的木門，打開門讓她進去，順手把門關上。

一個坐在辦公桌前的男人站了起來迎接她。他差不多有四十歲，還是只有三十五？他有點讓人看不出年紀。

『路小姐，我們找你很久了。』

他伸出手，一隻黝黑的軟綿綿的小手。他戴著厚眼鏡，個頭很小，像個老小孩，輕盈得讓人不可思議。

『請坐……你的東西……隨便放就好了。』

這個房間比外面整潔，書櫃從上到下佔滿了其中一面牆，大部分的書都是硬皮法律書。室內只有一張長條辦公桌，兩把椅子和一張短沙發。朝街的那扇窗戶落下了窗簾。原本可以看到外面辦公室的那個長方形大玻璃，也用百葉窗簾遮著。

『我們一直在報紙上登廣告找你，你沒看到嗎？』

喜喜覺得很尷尬，她看報紙都只看占星欄。她最近唯一留意到的就是昨天那個鋼管舞女郎的廣告。

戴德禮穿一身深灰色的西裝，喜喜禁不住在心裡想：

『這會不會是童裝啊？』

他真的很矮小呀。然而，那副無框厚眼鏡後面流露出來的，卻是精明，而且生氣勃勃。他看起來像一個有很多計謀的聰明小精靈。

小精靈突然把身子朝她探過來，說道：

『路小姐，可以麻煩你給我看看你的身分證嗎？手續上要確認一下。』

喜喜從荷包裡掏出身分證給他。戴德禮迅速瞄了一眼上面的資料，打開門，朝坐在門外的女秘書說：

『茱迪，請你拿去拷貝一份。』

他轉回來，帶上門，動作俐落地坐回去辦公桌後面那張高背椅子裡。

『我們可以開始了。』

那張椅子對他來說有點太高大了，不過，他看起來自信又自在。他從桌上拿起一個檔案夾打開來，裡面附著好幾十頁紙的資料。

『乙明芳女士在十個月前過身了。』

她咬咬嘴唇，等著對方說下去。

『據我們所知，乙女士一度是你的養母。』

『一度……是的……』她心裡想。『直到她把我送回去之後。』

『她後來放棄對你的撫養權，所以，你又改回原本的名字。自從回去兒童之家以後，你們雙方再沒有聯絡。』

她微紅著臉點頭，偷瞄了一眼小精靈手上的那個檔案，心裡想：

『那上面是我的過去！路喜喜……秦喜喜……然後又變回路喜喜。兒童之家……那個人的家……然後又回去兒童之家。』

也許那個檔案裡面還寫下了她十八歲離開兒童之家後的生活，譬如這些：

她是一個三流舞蹈員，居無定所，靠著微薄的入息過活。

她愛過幾個人，也被幾個人愛過。金牛座的那個，借了她的錢，一直沒還。雙子座那個太花心，她想用眼淚淹死他，沒成功。山羊座那個長得最帥，對她最好，但她不愛他。水瓶座那個，她以為會長相廝守，但他們幾乎一見面就吵架。

那個屬於她的檔案上面還寫著什麼？

有沒有說她總是很容易愛上別人，卻又很容易失望？有沒有提到她還有一個哥哥？她跟金牛座、雙子座、山羊座，還有水瓶座和獅子座都合不來，唯有天蠍座的哥哥跟她最好。

那個檔案是不是已經記錄了她二十四年的故事？那些用破碎的夢想與破碎的承諾組成的故事。

『根據我們所知，乙明芳女士並沒有任何親人，她生前在我們律師行立下的遺囑，指定你作為她遺囑的執行人和全部遺產的唯一繼承人。』

喜喜臉上浮起了愕然的神情。

『這份遺囑是什麼時候立的？』她咕噥著問道。

戴德禮回答說：

『是在乙女士死前一年立下的。』

她不知道說什麼好。

那個人明明狠心把她送走，又為什麼要把遺產留給她？

『乙女士的遺產全部是現金。』戴德禮瞥了她一眼，接著說下去。『約數是九百七十萬港幣。』

喜喜望著戴德禮，臉上的表情先是驚愕，然後又變成慌亂。她沒想過是這麼大的一筆錢。

『路小姐，你有沒有問題想要問我？』戴德禮繼續說。

『為什麼？我跟她已經十年沒見了。』她的口氣有點激動，不是因為意外之財而高興，相反，她覺得自己根本沒資格。

戴德禮臉上露出微妙的表情，彷彿想要表明他見過許多像她這樣受寵若驚的遺產繼承人。

『律師行只是負責執行當事人的意願。當事人決定怎樣分配遺產，我們是不會過問的。』

她抿著嘴唇，說不出半句話。

那個曾經是她養母的人，是因為內疚才把所有遺產留給她的吧？

『路小姐，你還有沒有其他問題想知道？』

『她是怎麼死的？』她低聲問道。

『是胰臟癌。』

『她死的時候，有人在她身邊嗎？』

『這個我們不太清楚。不過，乙女士的死訊是她的一位教友通知我們的。』戴德禮輕輕說道。

他看了她一眼，又說：

『路小姐，辦領遺產的手續可能需要一些時間，你看，要不要我們先行墊支一些錢給你，你說不定會用得著。這筆錢，等你領到遺產之後再還給我們也不遲。』

她臉紅了。小精靈戴德禮是什麼時候看出她的拮据模樣的？是她一進來的時候？還是在她從幾乎空空如也的荷包裡掏出身分證來的時候？但是，她卻渾然不覺他曾經那麼仔細地打量過她。

她想要不太由衷地搖搖頭，她想要微笑拒絕，說她暫時不需要。但她偏偏很想有一張溫暖的床，讓她躺在上面好好睡一覺。

『沒問題的。我們一般都會這樣做。』他誠心誠意說道。

她窘困地點了點頭，微笑以示謝意。

他敏捷地離開椅子，打開門出去跟女秘書低聲說了幾句話。不一會兒，他拿著一個信封回來。

『這裡有八千塊錢，路小姐，你看看夠不夠用。』

『夠了。』她又紅了臉。

他把她的身分證還給她，然後坐回椅子裡，將一份厚厚的文件放到她面前。

『這是辦理遺產確認書的文件，路小姐，請你在有注號的地方簽名，不清楚的話可以問我。』

喜喜抬起她空空的右手，戴德禮適時遞給她一枝筆。

她低下頭，默默地在每一頁簽上她的名字，根本無心去看那些文件上面寫什麼。

她終於全部簽好了，也在律師行墊支八千塊錢的那張收據上簽了名。

她放下筆，對方仔細地檢查一遍她所有的簽名。確定無誤之後，他說：

『行了！』

她鬆了一口氣，站起來，把包包掛在肩上，抓起她放在一邊的行李箱朝門口走去。走了兩步，她停下來，回過頭去，有點尷尬地問道：

『請問……她葬在哪兒？』

戴德禮看了看她，應了一聲，隨手在桌子上拿起一張空白的便條紙寫下一行字。

喜喜走過去，戴德禮隔著辦公桌交給她那張便條紙。

她站著看了一眼上面寫什麼。

就在這時，桌上的內線通話器傳來女秘書茱迪的聲音。

『戴律師，林克來了。』

戴德禮偏著頭，目光越過喜喜的身側瞥了一眼那個被百葉簾遮掛著的大玻璃。

『你讓他等一等。』他對著通話器說。

喜喜順著他的目光，好奇地轉過頭去看向大玻璃那邊。這時，她隔著百葉窗簾的縫隙看到一張臉，一張年輕的男人的臉。

那張臉的主人也在看她……可是不對，他不是看她，而是無意識地看進房間裡來，而且跟她一樣，眼裡帶著些許好奇。

她的目光穿過百葉窗簾一層一層好像斷層似的縫隙重組了一個模糊的身影。那個叫林克的男人似乎是穿一件深色的夾克在外面有點無聊地踱著。是否她看到他，他卻看不到她？

眼前的場景，為什麼好像似曾相識？

她看到他，就好像看到了另一個人，舊時的關愛與幸福又重回心頭。

『路小姐，有消息我們會通知你。』

戴德禮不知什麼時候已經從辦公桌後面走了出來，朝她伸出一隻手。

她失神地回過頭來握了握那隻軟綿綿的黝黑小手。

對方打開門讓她出去。她拖著行李走出去，卻不見了那個叫林克的人。

她失望地穿過那條狹窄的走道離開。走到盡頭時，她戀戀不捨地轉過頭來想再看一眼。那些疊滿高高的文件的辦公桌之間，這時突然冒出一個形影來。

是他！

小精靈把他叫進去，他緩緩將一把椅子推開來站起身。

當他跟小精靈站在一塊的時候，他看來簡直就像一位儀表堂堂的國王。

那扇門隨後關上了。

他的確是穿著深藍色的夾克，手裡拿著一個文件袋。

他也是天蠍座的嗎？

他身上有她久違了的那種感覺。

她的哥哥，也是這個年紀。

但她已經許多年沒見過哥哥了。

7

從律師行出來，她在幾條街以外找到一家廉價的小旅館。她走進去，租了一個房間，在登記卡上填上路喜喜的名字。

她在櫃台邊的報紙架上拿起一份報紙，讀她的占星欄。

雙魚座，你需要休息，

否則，孤寂的感覺會如影隨形。

你對自己和人生的意義充滿懷疑。

但是，有誰沒有過這種懷疑呢？

她把報紙放回去，取了鑰匙。

等電梯的時候，她用手掩住嘴巴打了個呵欠。

出了電梯，她找到一〇三號房，用鑰匙開了門。

房間很小，一張單人床擺在中間，牆上貼著俗氣的間條圖案壁紙。

她丟下身上的包包和行李，脫下毛線帽，匆匆扒去身上的衣服，一絲不掛的走進浴室，扭開蓮蓬頭，嘩啦啦的把自己從頭到腳洗乾淨。

從浴室裡出來的時候，她身上裹著一條毛巾，甩了甩那頭柔軟的黑髮。她現在看起來只有二十歲。

她蹲下來，打開行李箱，挖出她那幅『星夜』。然後，她拿了一張椅子站到上面，把原本掛在牆上那張風景畫丟到一邊，換上『星夜』。

她從椅子上跳下來，坐到床邊，掀開被子，臉枕在一個枕頭上，縮成一個小粉糰似的。

她望著牆上的『星夜』，眨了眨睏倦的眼睛，沒多久就睡著了。

她一直睡到隔天早上。

醒來之後，她洗了個澡，穿好衣服，套上短靴和毛線帽，用床單邊緣擦擦靴子上的灰塵，喝了一大杯水，拎著一個包包，鎖好門出去。

出了旅館，她走到便利店，在櫃台那兒買了一張儲值的流動電話卡，塞進去她那部手機裡，順便買了一份報紙。

她邊走出來邊打開報紙看占星欄，看完之後把整份報紙丟掉。她想起她昨天忘了問戴德禮那個尋她的廣告上面寫什麼。

那些廣告都是怎麼寫的？

她在一家快餐店吃了一份漢堡，離開快餐店，走過一個街口，在一個花檔挑了幾枝鬱金香，抱著花，搭上一輛巴士。

到了墓園，她找到養母那塊小小的白色大理石墓碑。墓碑上，黑白照片裡的女人笑盈盈的，拍照的時候，一定沒想過這張照片有一天會這麼用。

她用衣袖擦拭照片上的塵埃，把花放下，坐在墓前，從包包裡掏出一本《生命中不能承受之輕》，開始讀起來。

八歲的時候，她就用一隻手牽著另一隻手入睡，她想像自己握著的手，屬於她心愛的男人，屬於她託付終身的男人。（註）

她一直看書看到日落。

她收好書，站起身，在一行墓碑之間穿過，走出墓園。

她在旅館附近一家小酒吧點了一杯桃子味的伏特加。

坐在對面的一個年輕小夥子靠過來跟她搭訕。

『對不起。』他說。

她沒有反應。

他瞄了她一眼，說：

『你不會喝醉吧？這酒很烈。』

『所以我每天只喝一杯。』

她把酒一口喝光，丟下那個一臉尷尬的小夥子。

她回到旅館房間，縮在床上，哭了。

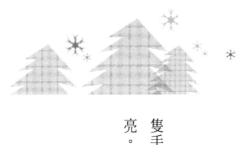

半夜裡，霓虹燈光照進來，兩個醉漢在街上大聲說話。半睡半醒之間，她用一隻手牽著自己另一隻手。戴著綠橄欖石手鐲的那一隻手，後來垂在床邊，直到天亮。

第二天，她下午才離開旅館，到地鐵站的補鞋店去替她那雙紅色短靴換過新的鞋底和鞋跟，這雙靴子的鞋底已經換過好幾次了。

穿著長襪坐在櫃台的高腳圓櫈上等候的時候，她打開報紙讀占星欄。

雙魚容易沉醉於悲傷的情緒，

這對你沒有什麼好處，

振作起精神吧！

購物會對你有幫助。

她穿回短靴，一邊走出地鐵站一邊講手機：

『碧碧，我是喜喜，以後有選角打這個電話號碼就好了。』她報上電話。『最近忙不忙？真的嗎？我還好啦，只是家裡有點事，沒什麼耶！』

她掛上電話，在街上晃了一圈，跟一個在樓梯底擺攤子的老婆婆買了一頂手織的白色羊毛帽。羊毛帽上面織著兩隻豎起來的圓耳朵，像熊耳朵。

她隨手丟掉舊的那頂毛線帽。走路的時候，帽子上那兩隻圓耳朵在她頭頂亂顫。

她往東走，經過一列櫥窗之後又退回去，進入其中一家時裝店。

她挑了幾件簡單的衣服到試衣間試穿。

她瞧著鏡子裡的形影，那頂古怪的帽子讓她禁不住發笑，她也發現自己有一雙很黑很亮的眼珠，彷彿是她鑲在臉上的兩顆黑水晶。

她脫掉衣服，她的腰在身上勾勒出美麗的弧度，像兩個英文字母『C』，彼此背對著背，以臍眼為中心，中間隔著一段剛剛好的距離。

她從試衣間出來時，已經套上新的衣服。付了錢之後，她把舊的衣服包好放回去包包裡。

她繼續往西走，在一家藥店裡買了刮鬚刀和桃子味的沐浴精。她內心掙扎了好一會兒，終於決定買一排苦巧克力。

十點鐘，她回去昨天那家小酒吧。

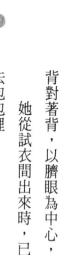

這一天，她點了一球香草冰淇淋和桃子味的伏特加，把整杯伏特加淋在冰淇淋上，用一隻小銀匙一小口一小口的挖來吃。她一邊吃一邊讀《生命中不能承受之輕》。

十一點半鐘，她回到旅館房間，洗了一個桃子味的澡，在浴缸裡用刮鬚刀刮腳毛。

洗完澡，她爬上床，靠在枕頭上縮成一團。月亮高掛，她夢見哥哥。

『喜喜，快跑！快跑！』哥哥喊著說。

她和哥哥在一家百貨店裡偷東西。他們偷了很多東西，有衣服，有食物，還有鞋子。兩個人想要離開時，兩個警衛追了出來。

她和哥哥拚命逃跑。她一路跑一路跑，跑了很遠之後，發現哥哥不見了。她手裡只剩下一隻很醜的鞋子。

她心跳撲撲睜開眼睛醒來，發現自己躺在旅館陌生的床上，活像一條影子，只有牆壁上那張『星夜』和手邊的一本書陪著她。

第二天，她一大早起來，把幾件舊衣服打包，鎖好門，搭電梯到樓下，在櫃台付了這三天的房租。

她離開旅館，經過戴德禮律師行那幢大廈門口，在對街車站搭上一輛西行的巴士。

她在車上看書，坐在她對面的一個老女人一直盯著她那頂古怪的帽子。喜喜故意冷著一張臉，很嚴肅的樣子。

車子到站，她下了車，爬上一條斜路，把那包舊衣服送給救世軍。辦事處裡的一個女職員跟她搭訕，不停稱讚她那頂帽子好可愛。

她依依不捨地把帽子脫下來，一併捐給了救世軍。

然後，她在酒吧喝了一杯桃子味的伏特加，讀了報紙的占星欄，很早就回去旅館房間，趴在床上看書。

往後的幾天，她得了感冒，大部分時間都留在旅館房間裡看書，只出去買過報紙和去過酒吧。

手頭上的錢差不多用光的那天早上，她擠眉弄眼在浴室裡刷牙，手機鈴響，她連忙拿起電話，是戴德禮的秘書茱迪打給她，請她隔天上律師行。她吐著泡泡咕噥應著。

8

喜喜第二天見到戴德禮的時候，他坐在辦公室那張使他顯得渺小的高背椅子裡，身上穿一套深棕色西裝，結一條小花點領帶，看上去依然像穿了童裝大碼。他真的讓人看不出年紀。

她禁不住在心裡想，他會不會是患了老人症的天才兒童？也許跟她一樣，是個孤兒。

他把一份文件放在她面前，說道：

『路小姐，手續已經辦好了。』

她望著那個數字，那是很大的一筆錢。但是，她為什麼沒有什麼特別的感覺？就好像這些錢不是真的。

她在那份文件上簽好字，乖乖的，就像一個交功課的學生。

『路小姐，要是你以後有什麼需要，歡迎隨時來找我。』

戴德禮兩手互握著放在桌上，臉上掛著誠懇又聰明的微笑。這一刻，他看來就像一個善良的小精靈，有許多法寶，可以為人實現心中的願望。

她開口問道：

『戴律師……那天我上來這裡的時候……有個人在外面等你……他穿著藍色的

夾克……有這麼高的……』她用手比劃著。『我覺得……他好像很面熟……不知道我會不會是以前見過他……他叫什麼名字？』

小精靈皺了皺眉頭，一時想不起來她說的是誰。

『我聽到他好像是姓林的……名字好像只有一個單字……』

戴德禮終於想起來了。

『你是說林克？』

『呃……對！他是這裡的職員嗎？』

『不，他是我們僱用的私家偵探社派來的偵探。』

那個人原來是私家偵探嗎？

她不禁想起她看過的電影中那些聰明絕頂又有點落魄模樣的私家偵探，他們好像都有一段不為人知的傷感過去。

難道他真的也是天蠍座，跟她哥哥一樣？

天蠍座都是天生的偵探。

『雖然Google的搜尋網搶走了很多搜集情報和背景調查的工作。』戴德禮笑笑說道。『不過，有些事情Google始終做不來，譬如說，當你要監視或者跟蹤一個人，Google便沒法代替私家偵探。』

『他就是替你做這種工作的嗎？』

『這些只是其中一部分。要看情形，律師行也是替當事人辦事。當然了，當事人的要求，我們也不是全都辦得到，譬如說，假如警務處長的太太懷疑她先生有外遇，我們也不可能叫林克去跟蹤警務處長，除非我們不想活了！』

他說完，得意地笑了笑，正在為自己的幽默感喝采。

『你可以叫他跟蹤我嗎？』她說。

她看到戴德禮臉上露出驚愕的表情，就好像當頭挨了一棍似的，那樣子很滑稽。

他回過神來，問道：

『路小姐，你剛剛說什麼？』

『我想你叫林克跟蹤我。』她說。

她知道這念頭有多傻，但她就是忍不住開了口，就像一個人滿懷希望的對著精靈說出了自己的願望。

戴德禮不再笑了。

『路小姐，我可以知道為什麼嗎？』

跟蹤她有什麼問題啊？她又不是警務處長。

但她還是編了個理由。

『我現在有錢了……可以做我一直想做的事……我一直想寫一本書……一本偵探小說……和跟蹤有關的……所以……我想找些靈感……』

戴德禮沒有表現出相信或不相信的樣子。

她猜不透他在想什麼，但他好像也猜不透她在想什麼。

『就把我當成是你的當事人吧，說我是幾年前離家出走的少女，我的爸爸媽媽想知道我的行蹤，想知道我過得好不好……你看這樣行嗎？我會付錢的。』

她感覺戴德禮在猶豫。

她在心裡祈禱：求求你，答應吧！答應吧！

她一臉堅持的望著他。

戴德禮終於說道：

『路小姐，你確定要這樣做？』

她點點頭，問道：

『戴律師，你不會告訴偵探社和林克，你的當事人其實是我吧？』

他神情嚴肅地回答：

『我沒有任何理由這樣做。律師是有責任替當事人保密的。』

『那林克什麼時候可以正式開始跟蹤我？』

『我要安排一下。路小姐，這種情況，除了私家偵探社那方面的收費，律師行也是要收取費用的，這並不包括跟蹤你的各項開支在內。』

『沒問題！』

她現在有很多錢！這筆錢終於有點用途了。

『路小姐，你是指定要林克跟蹤你嗎？他們還有其他偵探……』

『不！我要他。』

『你需要一份跟蹤報告嗎？』

她本來沒想過這一點，戴德禮倒是提醒了她。她答道：

『我要一份詳細的報告。』

『你希望林克跟蹤你到什麼時候？』

『我還沒決定。』

戴德禮看了她一眼，說道：

『路小姐，我看這樣吧，你先回去，我做好安排之後會聯絡你。』

她站起身，心裡翻騰著一種興奮的情緒。

戴德禮突然抬起頭問她說：

『路小姐，你身上有照片嗎？』

她從印有罌粟花圖案的尼龍荷包裡掏出一張半身照片。照片中的她當時只有十三歲，用一條絲帶把頭髮全都束起來，身上穿著黑色的緊身舞衣。

拍這張照片的時候，她剛跳完舞，正想要離開那個嵌滿鏡子的排舞室，不知道是誰突然從後面叫她的名字，她回過頭去，紛亂的髮絲在臉龐周圍飛舞，一雙黑眼睛茫然地望著前方。

她一直好喜歡這張照片，照片中的女孩有一種她如今已經失落了的神情。她當時在看什麼？到底是誰喚她的名字？她已經記不起來了。

既然說她是幾年前離家出走的少女，她富有的父母想知道她的行蹤，那麼，這張照片最適合了。

她把照片交給了小精靈戴德禮。

對方接過照片，離開那張高背椅子，從辦公桌後面走出來送她。

兩個人走到門口時，他問她：

『路小姐，你目前是住在……』

喜喜答道：

『我就住在附近的新月旅館，房號是一〇三。』

直到三天之後，戴德禮的電話終於打來。他似乎是故意拖延三天，確定這位客戶沒有任何意思改變她那個瘋狂的主意。

他通知她說：

『路小姐，已經安排好了，從明天開始，林克會跟蹤你。報告和帳單要怎麼交給你？』

『你暫時還是送到新月旅館吧。』

喜喜掛掉電話。這時，她正在旅館附近那家小酒吧裡喝光一杯桃子味的伏特加。

她付了錢，把手上看到一半的《生命中不能承受之輕》放回去包包裡。

然後，她站起身，邁著長長的步子，頭也不回地離開酒吧。
從這天起，她再也沒有回頭路了。

第二章

孤寂的愛情

一個人怎麼能夠跟自己戀愛？

1

八點鐘，喜喜醒來，從床上坐起，光著腳走到窗邊，躲在窗簾後面往下看。下面是新月旅館的入口，她看到幾個路人經過，沒有人駐足。

她看向對街的人行道，兩個穿白色校服裙子的女生結伴從便利店走出來。沒有任何可疑的形影在下面徘徊或者監視。

十一點鐘，她已經穿好衣服，從電梯出來，把鑰匙交給櫃台。

她瞄了一眼大廳的長沙發那邊，一個男人抬起手，打開一份報紙在看，遮住了整張臉，穿棉褲的一雙長腿套上了光鮮的運動鞋。

她心頭一顫，從他身邊走過時，眼角的餘光看向他，但那不是林克，是個頭頂光禿禿的老男人。

她走出旅館，到便利店買了一份報紙，在櫃台付錢的時候，她隔著玻璃門看了看外面。

單憑那張十三歲時拍的照片，林克就能夠一眼把她認出來麼？她覺得自己已經

不是舊時模樣了。從前，舞團裡就有個和她比較投契的女孩不只一次跟她說：

『你的樣子好像每隔一段時間都會變呢！』

糟糕的是，她自己照鏡子的時候也這麼覺得。

是什麼讓一個人的那張臉常常改變？

當時，她微笑把一根手指按在胸口上，對那個女孩說：

『也許是因為，我的心總是在變啊！』

她把報紙塞進包包裡，離開便利店，越過馬路，走到下一個街口，穿過一個露天菜市場，在一個大排檔點了咖啡和雞蛋三明治。

她在路邊的一張桌子坐了下來，一邊喝咖啡一邊讀占星欄。

金星今天進入雙子座，
你的生命將有如被明星照亮，
新的際遇就在面前……

她禁不住從報紙後面偷偷抬起眼睛搜索周圍，卻沒看到她期待的那個身影。

隨時留意身邊的人，

你會有一位神秘的守護天使出現。

三點鐘，她在百貨公司買了一支口紅和一對太陽眼鏡，又在飾物櫃那邊看了好一會兒，拿起幾條寶石鑲嵌的項鍊掛到身上研究。

她不時偷瞄鏡子，想看看會不會在鏡子的反映裡發現他。

什麼都沒發現。

她太緊張了，要是林克一直盯梢她，說不定已經發現她似乎一直在尋找一個跟蹤者。

五點鐘的時候，她鼻梁上架著太陽眼鏡，悠閒地坐在公園的綠色長椅上看《生命中不能承受之輕》。

她心不在焉地看了一會，從書上抬起目光，一頭有一張醜陋大扁臉的老虎狗這時掙脫了主人，向她奔來，朝她身後吠叫。

她猛然回頭看了看身後的樹叢，沒看到什麼，只看到一陣風吹過，樹葉抖動。

老虎狗的主人跑上來扯住牠的項圈，喊道：

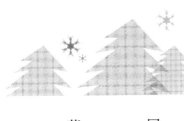

『多莉，別這樣！』

那頭名字叫多莉的狗被拉走時心生不忿地吠叫了幾聲，兩隻肉肉的前爪朝空中抓了幾下。

喜喜把書丟回去包包裡，從長椅上站起來，悠悠地邁步離開公園。

感謝多莉。

她用手托了托鼻梁上的眼鏡，嘴邊泛起一絲笑意。

2

第二天兩點鐘，喜喜在幾家首飾材料店分別買了一批水晶珠子，仿製寶石和金屬片，其中一家店的老闆娘送她兩卷絲帶。

五點鐘，她在書店買了幾本書。

付錢的時候，她瞥見一個穿深藍色夾克的模糊的側影一閃而逝，手裡好像也拿著書。

八點鐘，她在藥店買了一瓶染髮劑。

八點半鐘，她回去旅館，在櫃台取鑰匙，那個矮胖的門房向她問好。

進了房間，她脫光衣服，拿起剪刀，對著浴室的一面鏡子把長髮剪到齊頸，然後扭開蓮蓬頭洗澡。

當她再次走出旅館的時候，她一把劉海齊頸的頭髮已經變成了紅色。

她一直想要一把紅色的頭髮。

林克會不會認不出她來？

她往西走，到下一條街的酒吧，坐下來喝她的桃子味伏特加，打開一本書看。

她不時悄悄從書裡抬起目光搜尋林克的蹤影。

她看到他了。

他穿著藍色的夾克，坐在離她很遠的吧台一角，隱身在兩個站著喝酒聊天的水手後面。

當你早知道有一個人跟蹤你，你便不難發現他。

林克完全沒有看向她這邊。

當那兩個水手談得興起，偶然移動一下身體，她才看得見他。

他有點寂寞地喝著一杯白蘭地，正在看一本書，不時用筆在上面寫字。

那本書是他的掩護嗎？他壓根兒不像正在監視她。

那兩個高大的水手擋住了她的視線。

以前住在孤兒院裡的時候，院裡有一間圖書室，她常常去借圖畫書。

她愛用鉛筆在書裡空白的地方寫滿歪歪斜斜的小字。她寫的東西有時是有意思的，也許是從書上抄下來的，有時卻是沒有意思的，亂寫的。

那個負責管理圖書室的懶惰姑娘從來不檢查院童還回去的書。反正那兒許多書都是慈善機構捐來的舊書。

一天，同房的一個院童舉報她，說路喜喜她破壞公物。

舍監認出她的字跡，罰她打掃圖書室。

那天，哥哥偷偷帶了麵包來給她吃，問她為什麼這樣做。

那時候，只有六歲的她，不是要破壞公物，她只是想要佔領那些書。

多年以後，當她想起那些被她塗花過的書，她始終回味著那份幸福的佔領。也許，她當時還不曾明白，她想在她走過的地方留下痕跡，就像小黃狗在街燈下撒一泡尿，留下自己的味道。

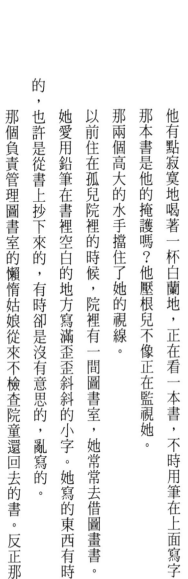

十一點鐘，她回去旅館房間。

她開了燈，躲在窗簾後面往下看。

她看到那個穿藍色夾克的背影回去了。

他是回家去嗎？他的家在哪兒？

他沒看上來，於是，她大著膽子探出頭去，盡情地看他。

她用眼睛佔領了那個在夜色裡踽踽獨行的背影。

這天晚上，她沒睡，亮著一盞小黃燈，徹夜坐在房間那張窄木桌前面，用白天買的材料做起首飾來。

3

星期三的這一天，喜喜離開旅館，搭上一輛計程車。

十二點鐘，她在一條有幾家時裝店的小街下了車，走進街角一間小巧時髦的飾物店。

看店的瘦個子女孩看到她，朝她說：

『喜喜？你頭髮什麼時候染成紅色的？你樣子變了耶！』

女孩名叫小綠，店是她自己的，她兩邊耳珠總共掛著五雙耳環，全身上下能掛飾物的地方全都掛滿了飾物。

喜喜望著她，問道：

『你幹嘛？』

『我？』小綠拿起一面鏡子把自己從頭到腳照一遍，說：

『我想看看一個人身上能掛多少飾物。』

『神經病！』

她說完，從包包裡掏出一個小小的黑色的絲絨布袋，把裡面的幾件飾物倒出來，攤開在玻璃櫃上。那兒有三條寶石手鍊，其中一條用了石榴石，兩條金屬項鍊，分別附著十字架墜子和蠍子座墜子，一雙藍水晶耳環。

小綠說：

『好漂亮！你多做幾件嘛！上次做的那些，早就賣出去了，許多客人來問。』

喜喜拿起一只藍水晶耳環比在耳垂上，轉頭看向店外，好像對著外面的空氣說：

『我要看心情好不好……』

小綠把其餘的都往自己身上掛。

『你是在跟我說話嗎？』

喜喜回過頭來，說：

『這裡除了你還有誰啊？』

她沒看到林克，他也許留在路口那兒。

她把那顆藍水晶耳環放回去櫃台上。

小綠馬上拿起來掛在耳垂上，望著喜喜的橄欖石手鐲，問道：

『你這個手鐲什麼時候肯賣？』

『不賣啊！我找了很久才找到十二顆差不多大小的。橄欖石是雙魚座的守護寶石。』

她摸了摸那只手鐲，說：

『這些賣完了告訴我一聲。我電話改了，以後打這個號碼找我吧。』

六點鐘，她在街上晃了一圈，買了一雙襪頭有黃蝴蝶圖案的紫色長襪和一塊蛋糕。

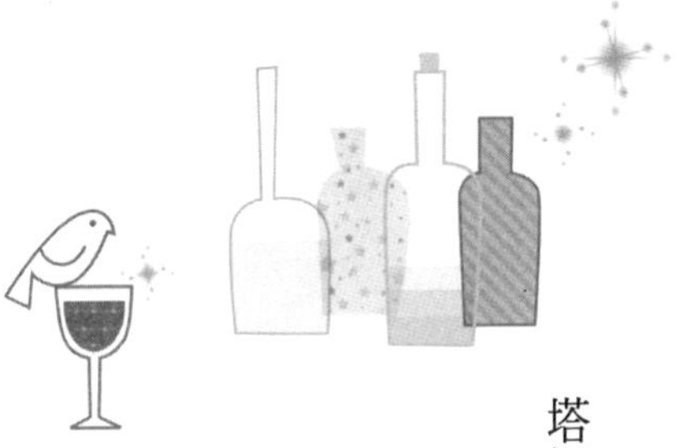

她習慣每年生日這一天送自己一雙長襪。三月十九日，是她的生日。

不管她走過的日子有多拮据，一雙襪子總是她至少能夠負擔的。

要是哪天有人問她生日為什麼要買襪子，她會告訴對方：

『這是我們家鄉的習俗，長襪就是長壽襪嘛！』

這是哪門子習俗呀？

然而，從來就沒有人問起過。

九點鐘，她坐在沙灘看星星，聽海浪，吃了那塊蛋糕。

她看到林克獨個兒坐在海灘酒吧那邊，陪著她吃西北風。

有一天，她和哥哥從孤兒院偷走出來。那時是冬天，他們躲在無人沙灘的瞭望塔裡，白天撿貝殼，晚上看星星，吃乾糧度過了幾天。

後來，她發了燒，比她大五歲的哥哥只得揹著四歲的她走路回去孤兒院。

她趴在哥哥背上，兩隻手抓住滿滿一個膠袋的沉甸甸的貝殼，捨不得丟掉。

她問哥哥：

『我們不回去不行嗎？』

哥哥說：

『你病了啊。』

『等我病好了再逃走好嗎？』

哥哥點點頭，把她揹高了一些，吃力地走在黑漆漆的路邊。

『這些貝殼全都是我的嗎？』

『全都是你的。』

『我要找個地方把它們藏起來。』

她抬起頭，看到遠處的星星點點的燈光。

那是孤兒院。這是他們的歸途。

她站起來，邁步走向掛滿暈黃燈泡的海灘酒吧那兒。

酒吧裡坐著幾對喁喁細語的年輕情侶。

她故意朝林克走去。他若無其事地低頭看書，用筆在上面不知道寫些什麼。

她經過他身邊，走到他後面的吧台。

他有一張好看的臉，臉上掛著好看的羞澀的神情。

他到底看什麼書？

他也讀占星欄嗎？

他今天晚上會不會偷拍一張她的照片？

她坐在吧台那兒，面對天上點點繁星，喝她二十五歲這一年的第一杯桃子味伏特加。

4

到了三月底，喜喜收到一份戴德禮差人送到旅館櫃台，轉交給她的報告。

她先看照片。

一張是頭一天拍的，她黑髮，走在街上。

另一張照片裡，她已經變成紅髮，剛從旅館出來。

她生日的那天，在沙灘酒吧上也有一張，她呷著伏特加。

小酒館裡有一張，她正在低頭看書。

有一張是在戲院外面拍的，她正在猶豫該看哪一齣戲。那天戲院裡人很少，林克一直坐在遙遠的後排。

有一張是她一邊走路一邊打開報紙看占星欄。她記不起那天是哪一天。其餘大部分都是在街上拍的。林克好像很喜歡拍她走路的樣子。

他把她的生活列成單子。

住新月旅館一〇三號房，每星期結帳一次。

有喝伏特加的習慣。（註：指定要桃子味）

每天看報紙占星欄。

偶然逛展覽會。（計有乾屍藝術展覽，出土木乃伊展覽，歷代刑具展覽）

她趴在旅館那張床上，咯咯地笑了起來。那些展覽會是她故意帶林克去的，就好像一個小孩子偏要證明自己勇敢，一個女人想要證明她的魔性。

她繼續看下去。

似乎沒有工作，

經常一個人在街上亂晃，

收入來源成疑，

沒有朋友，

看不出有男朋友的跡象，

寂寞。

她收起那份報告。

第二天，她把裝著支票的一個信封投到附近的郵筒，寄給戴德禮。

5

星期四的這一天，她離開旅館，帶了前天做的幾條手鍊到飾物店去。

一進門，她看到小綠每邊耳垂掛著一串晃來晃去的綠晶耳墜，染了一頭綠色的短髮，活像一隻瘦蛤蟆。

『呃！喜喜？』

瘦蛤蟆小綠兩隻手肘撐在櫃台邊，忙著打電腦鍵盤，匆匆抬頭瞥了她一眼。

『這是上次的錢。』小綠伸手到收銀機那兒拿了幾張鈔票給喜喜，眼睛一直望著電腦屏幕說：『有個客人想要一個巨蟹座的墜子……』

喜喜問道：

『是個男的嗎？』

小綠恨恨地敲著鍵盤答道：

『女的，胸很大。女巨蟹的胸都很大！』

喜喜好奇地探頭過去，問：

『你在忙什麼？』

『我要找那個混蛋王八出來！』

『你在打機喔？』

『我哪有心情打機！那個大混蛋死王八龜兒子甩了我，借了我的錢不還，我在搜尋他！你給我死出來！』

喜喜收起鈔票，湊過頭去盯著電腦屏幕看。

三點鐘，她回到旅館，那個矮胖的門房在房間走廊外面探頭探腦地等她，一臉貪婪相對她說：

『路小姐，有個男人向我打聽你……』

『什麼男人？他長什麼樣子？』

『二十幾歲，不到三十，穿藍色夾克，是個高個子，有點不修邊幅，來旅館好幾次了，手裡經常拿著一本《數獨》，我看到他坐在大堂裡盯著你，可能對你有不軌企圖。我什麼也沒說。』

『謝謝你告訴我。』

喜喜說完，飛快進了房間，沒打賞那個門房。他看來一臉失望。

她馬上把所有東西連同那張『星夜』打包，到櫃台辦了退房手續。

6

一個鐘頭之後，喜喜已經住進兔子旅館六〇一號房。

她把牆上那張兩隻小白兔吃紅蘿蔔的水彩畫丟到一旁，掛上『星夜』。

原來林克常常看的是《數獨》。

他不是在書裡做筆記，他是解謎。

六點鐘，她離開旅館，在酒吧喝了一杯桃子味伏特加，然後到電器店買電腦。

八點鐘，她拎著手提電腦回旅館。

她在旅館大廳瞥見林克的背影。

他戴了一頂藍色的鴨嘴帽，坐在大廳的一把沙發椅裡做《數獨》。

她抬起頭，從他身邊走過，無視他的存在。

她進了房間，把電腦從包裝盒裡拿出來，接駁電源。

林克在樓下大廳那兒解決《數獨》。

她在六〇一號房裡，登入Google搜尋網。

她在搜尋一欄輸入林克的名字。

一個畫面跳了出來，總共約有四十八萬七千項符合林克的查詢結果。

有林克華、林克中、林克光、林克炳、林克珠，還有一大堆林克什麼東東。

有四個午夜牛郎林克，三個拳手林克，一部叫《寂寞林克》的悶蛋小說，一個人類學教授林克（是史前黑猩猩研究領域的權威）……

就是沒有她要找的那個林克。

不，等一下……她找到一個網誌。網主叫朵朵安娜。

7

喜喜打開朵朵安娜的網誌。

一張照片出現在上頭，是一張合照。

十四個約莫十六七歲的男生和女生笑著望向相機。照片是在課室的黑板前面拍的。

她一眼就認出他了。

林克是後排左邊第一個。

他一隻手插在褲子的口袋裡，臉上的微笑顯得靦腆。

一個有一張瓜子臉，留著長直髮，戴頸巾的女孩站在他旁邊。

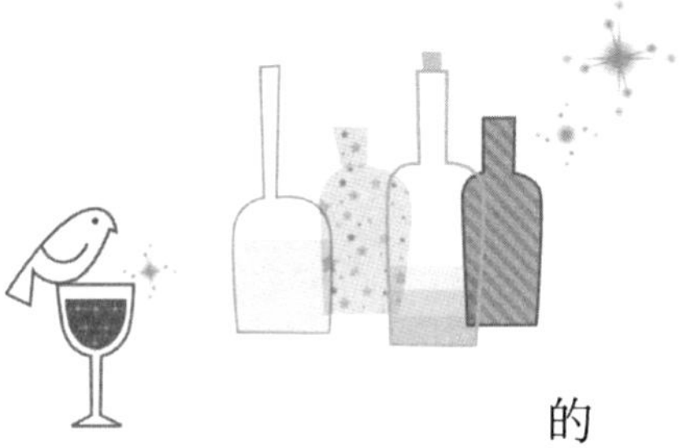

網主朵朵安娜在文章裡這麼寫：

搬家時無意中找到一張中學時代跟同班同學的合照。

前排右邊第二個，戴著眼鏡的就是我！

後排左邊第一個，長得最帥的那個，是我那時候一直暗戀的男生，名字叫林克。

他是學校推理學會的會長，為了親近他，我那時啃了很多推理小說和電影呢！

偷偷掉過的眼淚，要是加起來的話，至少也可以養一缸金魚吧？

不過，他似乎一直不知道我暗戀他。

我現在的老公也長得有幾分像他。

很久很久沒見過他了。這幾年同學會的聚會他都沒來，也跟大家失去了聯絡。

他到底去了哪？

他做什麼工作？

過得好不好？

有時候，我真的希望他已經變成一個大胖子！

誰叫我得不到啊！

他一定會後悔那時沒選我！

要是誰有他的消息，請告訴我一聲。

那麼，站在林克身旁那個戴頭巾的女孩是誰啊？

朵朵安娜說『他一定會後悔那時候沒選我』，是不是他選了這裡其中一個女孩？

她在網誌裡寫下留言。

朵朵安娜：

我認識他！

他是我一個朋友的朋友，

還是那麼熱愛推理小說，

喜歡喝伏特加。

話很少，但一說起推理小說就會很雀躍，最近一次見面，他還跟我討論松本清張和福爾摩斯呢！

要是你想知道他的消息，請回覆我或是電郵到我的郵箱。

她署名『泡泡魚』，把留言送出去。

8

朵朵安娜在三個禮拜之後的一個夜晚電郵給她。

親愛的泡泡魚：

對不起，我出門了，剛回來，看到你的留言。

你真的認識林克嗎？

他還好吧？

我以為經過那個打擊，他會變得很消沉。不過，聽你說他雀躍地跟你討論松本清張和福爾摩斯，我倒是放了心。

他是松本清張迷！

福爾摩斯的柯南・道爾更是他的偶像！

看來他已經沒事了。

真笨！推理大師還能有哪幾位啊？

林克一定不喜歡笨女孩。

他喝酒會臉紅嗎？

我那時從沒見過他喝酒，而且還是伏特加！

伏特加不是只有酒鬼才喝的嗎？

我現在倒是又有點擔心了。

喜喜回了那封電郵。

親愛的朵朵安娜：

他喝酒會臉青，不會臉紅。

他說伏特加是懂得悲傷的人喝的。

想知道多一點他的消息，請打這個電話號碼給我。

她起身到床邊拿手機，焦急地在旅館房間裡踱著步。

十二分鐘之後，手機響起一串鈴聲。

朵朵安娜上鉤了。

一把年輕的女聲問道：

『你是泡泡魚嗎？』

『對。你是朵朵安娜？』

『對不起，好像很冒昧……』

『沒關係啊……』

『你是怎麼認識林克的？』

『他是我一個朋友的朋友，我們只見過幾次面，其實，我跟他不算熟啦。他這人好像挺憂鬱。』

『一定是因為那件事……』

『就是你說的那個打擊嗎？我沒聽我朋友說過，到底什麼事啊？』

『就是他以前老婆啊。』

林克結過婚麼？然後又離婚？

她怔了一會，接著問：

『他跟他以前老婆怎麼了？』

『他老婆是我們同班同學……』

『她也在那張照片裡嗎？』

『對。就是站在他旁邊那個。』

她沒猜錯，果然是那個戴頸巾的女孩。

『他們是初戀情人。讀書時是她主動追求林克的，一畢業就嚷著要結婚。誰知道，結婚不到一年，她就吵著要離婚，說什麼當日結婚是因為好勝。林克對她死心眼得很，自然是不肯離……』

『那怎麼辦？最後還是離了嗎？』

『有一天，他回家發現她不見了，東西全都帶走。他找了她很久，終於查出她去了英國。他飛去英國找到她，發現她已經跟一個男的同居，還挺著個大肚子。』

她聽了，心中突然覺著一種無以名狀的難過。

『那麼，他一個人孤零零的回來了？』

『他還可以怎樣啊？離婚之後，他變得很消沉，同學會不參加了，也沒有再找我們幾個舊同學，我看他是想避開我們吧！他現在好嗎？』

『他很胖呢，比照片裡那個他至少胖了幾圈，要不是同名同姓，我還真認不出他來！』她低頭摸著腕上的橄欖石手鐲，無心答道。

『天啊！他一定是故意把自己吃成這樣的！』

『是啊，人一旦傷心就會放棄自己。』

『想不到我以前暗戀的人變成了大胖子。』雖然這麼說，朵朵安娜的聲音卻似乎有點高興。

喜喜順著朵朵安娜心中的希望說：

『他跟照片比，蒼老了很多耶！看上去至少有三十五、六歲。』

『真的？』朵朵安娜果然中計。『我看他是不會想再見我們的了！請你別跟他說我們通過電話。』

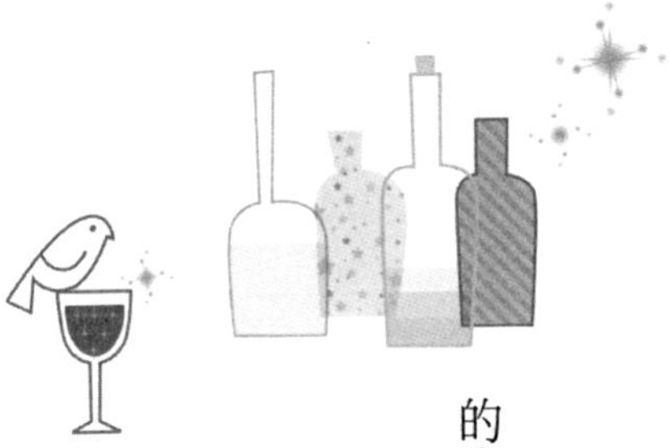

『我不會說。對了，他是天蠍座的嗎？』

『天蠍座？不，林克跟我一樣，是巨蟹座，所以我很記得。』

9

雙魚，巨蟹跟天蠍都是水象星座，性情如水，天生一對。

『你千萬別告訴他網誌的事。他不知道我暗戀過他……』朵朵安娜說。

『今晚的事，我誰也不說。』

喜喜掛掉電話。

巨蟹男對愛情有強烈的自戀自憐，多愁善感，會永遠保護所愛的人，希望心愛的人永遠像孩子一樣需要他照顧。

巨蟹男相當深情，是會躲起來掉眼淚的浪漫螃蟹，無可救藥地依戀往事。

他們都有戀母情結。

九點鐘，喜喜穿上雨衣從旅館出來。

微雨紛飛，她翻起了雨衣後面的帽兜，遮住一頭紅髮。

她孤零零地走在雨中，緊緊抿著雙唇，控制住一股想哭的衝動。

她漫無目的地在夜街上走了一圈，穿著紅色短靴的腳步愈走愈急，彷彿是想要把往事從身上抖落。

往事是碰不得的，一碰眼淚就會嘩啦啦的湧出來。

十點四十七分，她來到酒吧。

林克比她早一步到了。

他坐在吧台一角，背朝著門口，正在做《數獨》。

她走過他身旁時，瞥見他深藍色夾克後面濕了一大片。

酒保這時把一杯白蘭地連同杯墊放到他面前。

她把雨衣脫下來掛在椅背上，坐到靠落地窗的角落看雨。

雨淅淅瀝瀝地下著。這天晚上，她喝了兩杯桃子味伏特加。

在她喝第二杯伏特加的時候，坐在她背後一個三十來歲，帶著醉意的男人靠過來說：

『小姐，你介意我坐過來嗎？』

她瞥了他一眼，望著窗外說：

『不介意。但你得先等我走了之後。』

帶醉意的男人還是把椅子挪了過來坐下，手裡拿著一杯威士忌，逗她說：

『怪不得別人說紅髮女子最無情！』

喜喜嫣然一笑，卻不是對面前這個來搭訕的男人笑。

她憂鬱的目光越過男人的肩膀，望著打在窗上的雨。她是在跟自己笑。

相見爭如不見，

多情卻似無情。

『哥哥，你什麼時候來接我啊？』

剛剛搬到養母家的時候，她寫了很多信給哥哥，每一封都會這麼問。

她相信哥哥有一天會來接她。

她愛搬一張小圓櫈坐到陽台上，隔著陽台上纏滿藤蔓的欄杆看向街上，等哥哥來。

說不定哪一天，哥哥會突然在街上那片風景裡出現，看上來喊她的名字：

『喜喜！』

她喝光那杯桃子味伏特加，拿起雨衣離開酒吧。

那個帶醉的男人尾隨著她走出來。

她走過三條街，取道熱鬧的酒吧街，經過一條巷子。

那個帶醉的男人不要臉地跟上來纏住她。

『紅髮妹！你很難追啊！』

她壓根兒不理他。

『我們找個地方再喝一杯吧！』他突然抓住她的手臂。

她甩開他。

男人從後面扯住她身上雨衣的帽兜，罵道：

『臭婊子！你不想玩剛剛在酒吧為什麼對我笑！』

她搖晃了幾步，用盡氣力把他推開，看也不看他。

她裹緊雨衣，匆匆走出巷子。

突然之間，她聽到後面傳來一聲慘叫。

她猛然回頭，看見那個男人好像被人推了一把，失去平衡，踉蹌跌倒在溝渠邊，抱著頭痛苦呻吟。

這時，一道閃電映出了一個穿藍色夾克的身影，在巷口那兒轉瞬即逝。

她回身，重新邁步，緩緩往前走。

十分鐘之後，她回到旅館，脫掉雨衣丟到椅子上。

床邊的矮櫃上面放著那本《生命中不能承受之輕》。

她走過去，拉了拉那盞床頭燈的繩子，一隻蚊子給燈光嚇倒了，從燈罩裡飛了出來，伏在天花板上。

她打開書，坐在床邊讀了一段：

愛情故事是在這之後才開始：

她發了燒，而他不能像對待其他女人那樣開車把她送回家。他跪在床頭，心底浮現這樣的想法：

她是被人放在籃子裡順水漂流過來的。（註）

10

第二天十點鐘，喜喜離開兔子旅館。

十點四十分，她坐在公園的長椅上打開報紙讀占星欄，然後打電話給戴德禮，告訴他她換了旅館，請他以後把跟蹤報告和帳單電郵過來。

戴德禮問道：

『路小姐，小說進展順利嗎？』

小說？她壓根兒都忘了。

她回答說：

『我寫得很慢呢……不是太順利……』

十二點鐘，她走進一家書店。

她在書架上拿起一本《數獨》。

她翻到其中一頁讀一個謎題。

玩的人要在一個九宮格的每個格子裡填上一到九的一個數字，每個數字只能出現一次，不得重複。橫的縱的每一行加起來的總數要相同。

她解謎解了半天，連邊兒都沒摸到。她索性偷看書底的答案。喔……原來是這樣……

書上說，這不是算術，瞎猜也不行，這是推理。玩的人根據線索推敲答案。

這本書把謎題分成四個級別，有極易、容易、困難和極難四級。

林克做的是哪一級啊？

數獨大師古德曾經打了一個比方：你是待決的死囚，今天早上行刑，獄卒說要是你及時解得開極難級數獨，你就可以保住小命。

那麼，你死定了。

要是她是那個死囚，那麼，她死定了，除非……是哥哥替她做吧。

不管多困難的謎題，哥哥也一定能夠解開。

她想像行刑的那天，她穿著囚衣。兩名女獄卒把她綁在一張電椅上。手裡拿著聖經的牧師慈愛地問她：

『路喜喜，你願意悔改嗎？』

她看了牧師一眼，氣定神閒地說：

『不急嘛！』

她瞥了瞥行刑室的大鐘，還剩下五分鐘……三分鐘……最後十五秒……剩下一秒鐘，行刑室外面，哥哥把謎題解開了。

他們只好放她走。

她把那本《數獨》放下，拿著書去櫃台那兒付錢。

她買了米蘭・昆德拉的《生活在他方》，加西亞・馬奎斯的《異鄉人》和《百年孤寂》。

到了月底，她收到戴德禮電郵過來的跟蹤報告。

她先看照片。

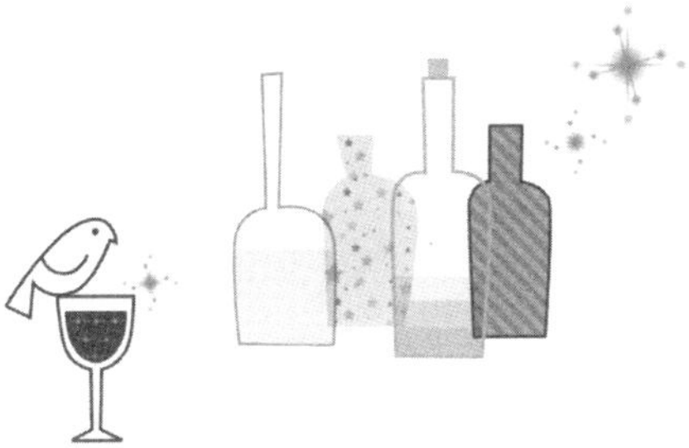

有一張是她在海灘上散步。

那天颳風，她去聽海浪。

一張是她從小綠的首飾店出來。

那天，她賣了幾雙耳環，有一雙她捨不得賣，帶去了又帶回來。離開的時候，她鼻梁上架著太陽眼鏡，遮住了半張臉，耳垂上釘著一顆紅榴石，跟她的紅髮相輝映。

一張是從劇院出來，她去看了『歌聲魅影』。

一張是她從摩天輪上面走下來。

那個夜晚漫天星星，摩天輪攀到半空時，她居高臨下，悄悄尋覓他的身影。

他把她的生活列成單子。

報告上說，她是一位自由的首飾設計師。

她長期住旅館。

她情迷占星欄，除此以外，沒有別的信仰。

她一個人吃飯。

他把她愛吃的東西列成單子，下面加了一行備註（她父母說不定會想知道）。

她把報告存檔，寫了一封信給哥哥，電郵到『雅虎』的一個信箱。

那個電子信箱是她為哥哥開的。

11

到了十月初的一天，喜喜十二點鐘走出旅館，坐在咖啡店裡讀占星欄。

別再胡思亂想，
長此下去只會耽誤青春。
學習一種技能，
你會有意想不到的收穫。

兩點鐘，她從咖啡店出來，把這個月的支票投進郵筒裡寄給戴德禮。

五點半鐘，她在鞋店買了一雙漆皮紅鞋子。

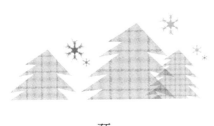

她穿上新鞋子走出鞋店時，無意間抬頭看到對街二樓一列寬廣的落地玻璃窗倒映著夕陽的餘暉，幾個女孩子在上面上瑜伽課。

她走上去，在櫃台報名。

她每星期來上兩課，學習哈達瑜伽。

導師妮娜是印度西施。

妮娜教她練習時要排除腦海中的一切雜念。

但是她從來就辦不到。當她靜止時，往往有一千個念頭從腦海中掠過。

她愛佔著靠落地窗的位置，不時偷偷往下瞄一眼對街的咖啡館。林克每一次都隱身在那家咖啡館裡面。

他在那兒總共幹掉多少《數獨》？

他都快成精了。

十二月中的一天，她跟其他人一樣，隨意地在課室的地板上擺著一個攤屍式，預備上課。

這一天，妮娜沒來。

一雙男人的白皙修長的赤腳走進課室來。

12

喜喜坐起身，兩隻腳掌合攏，雙手伸向前面抓住腳趾。

她好奇地望著男人。他三十來歲，穿白色短袖汗衫和寬鬆的及膝運動褲，有一個寬肩膀，眼睛燦爛地笑著，臉朝他們站在課室前方。

『從今天開始，我會暫時代替妮娜。』他清朗的聲音向大家宣布。『我叫鄭魯，《魯賓遜漂流記》的魯，不是老人家的老。』

班上有些人報以笑聲。

她發覺他渾身上下有一種很特別的氣質，這時明明已經是下午了，他卻彷彿剛剛從清晨的林中散步回來，帶上一身朝陽。他的皮膚上也許還留著樹葉和露水的味兒。

後來有一天，上完課，她捲起墊子站起來，鄭魯走過來問她說：

『你是不是有跳舞底子的？你的身體很柔軟。』

她抬起眼光看他，聳聳肩答道：

『我的舞跳得不好。』

鄭魯饒有興味的說：

『但你的瑜伽做得很好，你有天份。』

她臉紅了，說道：

『哪裡是？妮娜說做瑜伽時要排除腦海中的一切雜念，但我做不到。』

他不以為然地說：

『為什麼要做得到？』

她驚訝地看著他。

他的眼睛清澈如水。

『你坐下來。』鄭魯吩咐她。

她只好重新放下墊子，坐到地板上，兩個腳掌合攏，雙手習慣性地往前伸，抓住十個腳趾頭。

鄭魯早已盤腿而坐，看看她，皺了皺眉說：

『你不用這樣抓住你的腳趾，我敢保證，它們是不會跑掉的。』

她笑了，學他那樣，鬆開手，手心朝上擱在兩邊膝蓋上，大拇指跟食指圈起來。

他笑笑說：

『我也有很多雜念。不過，假如你真的想要心無雜念，試試跟我做……』

他說完，微微張開嘴，從身體裡發出一個單調的音節：

『嗡——』

他停下來，說：

『這是一個梵音……』

他說完，閉起眼睛，吸一口氣，繼續唸：

『嗡——』

她緊閉雙眼跟著唸：

『嗡——』

她偷偷睜開一隻眼睛看他。

他合上眼睛，柔軟的頭髮呈深棕色。

她閉上眼，繼續『嗡——』，無暇思想。

他終於停下來了，張開眼睛，問她：

『是不是好了點？有什麼感覺？』

她回答：

『我覺得自己像一隻蚊子。』

他說：

『是一隻心無雜念的蚊子。』

那天，他們一起吃飯。她吃肉，他吃素。她喝桃子味伏特加，他喝氣泡礦泉水。

鄭魯曾經在紐約華爾街上班，然後放棄一切，跟隨多位瑜伽大師學習，回來香港之後，開了這家瑜伽俱樂部。

他單身，獨居，處女座，喜歡大自然。

他有幾個志同道合的朋友，其中一個男的，大學畢業之後跑去當農夫，另一個女的，擁有一家香薰治療所。

他們都是熱愛生命的人。

這些人她都在鄭魯家見過。那位香薰治療所的主人問她住哪裡，她回答道：

『兔子旅館。』

鄭魯住在郊外山腰一幢有三面落地玻璃的大屋裡。

喜喜稱那個地方做『恐怖屋』。

屋裡面養了六隻不住籠子，胖得像雞的彩色鸚鵡，在客廳裡自由飛翔散步。這些鸚鵡一見到鄭魯回來，就會飛撲到他身上，撒嬌似的喊：

『鄭魯！鄭魯！』

屋裡還有一條愛睡沙發的黃蜥蜴和一條愛盤踞在客廳那尊巨型佛像頭頂的綠蜥蜴，牠的名字叫無花。

鳥兒常常飛來，在院子裡棲息。夜裡，林中不時傳來貓頭鷹咕咕的叫聲。

一天晚上，喜喜站在客廳那扇落地玻璃前面看向屋外的樹林。

霧深了，夜色迷濛，這附近幾乎沒有可以躲藏的地方。林克他躲在什麼地方？

她一步一步沿著窗邊走，眼睛搜索他的蹤影，這一刻，只有他看得見她，她看不見他。他會不躲在外面台階的柱子後面？

她拿起鄭魯那台用來觀鳥的望遠鏡看向屋外。

鄭魯這時走到她身旁，說：

『晚上看不到鳥。』

她回答：

『我看貓頭鷹啊。』

『貓頭鷹很少會讓人看見。牠們都躲起來。』

『那我看牠們怎麼躲。』

那六隻鸚鵡之一拍拍翅膀朝鄭魯飛去，他伸出一隻手接住牠。

喜喜悄悄挪開一步。

『你不喜歡動物嗎？』鄭魯問。

她拿開望遠鏡，說道：

『我喜歡啊！我一直想養一隻貓，每天晚上用一根繩子牽著牠出去散步。』

鄭魯咯咯地笑了出來。

『只有人遛狗，哪有人遛貓啊？』

她噘噘嘴說：

『那我找一隻喜歡被人遛的貓……』

鄭魯突然拱起兩個肩膀，用手勢示意她別說話。

『外面有人！』他低聲說道。

他說完，放開手裡的鸚鵡，拿起一根棍子衝出屋外。

她轉身，直直地望著外面院子。

院子裡的燈紛紛點亮了，她心裡撲撲亂跳，重新拿起望遠鏡。

她看到一條人影迅速翻過牆頭。

快跑吧！林克。

隨後鄭魯回來了。

『外面有人嗎？』她顫著聲音問道。

『可能是野豬！』他丟下那根棍子。

他抱著她，安慰她說：

『不用怕。』

她鬆了一口氣。

九點鐘，鄭魯開車送她回去旅館。

他十點鐘回家，上床睡覺。

喜喜十二點鐘在酒吧裡喝她的桃子味伏特加。林克早已經坐在吧台那兒做《數獨》。

這天晚上，他喝了半瓶白蘭地。那苦澀的模樣好像他喝的是醋。

13

鄭魯喜歡叫她住的旅館做『兔子窩』。

他總是說：

『又回你那個兔子窩去了啊？』

那天晚上，他送她回去，參觀她的房間。

他看了一眼她寒傖的窩子，憐惜地說：

『一個女孩子長期住旅館好嗎？』

『挺好啊！自由啊！』

『要是因為錢的緣故……』

『不……』她阻止他說下去。『我和哥哥從小就習慣住旅館。我爸爸是攝影師，帶著媽媽和我們兄妹倆去過很多地方……赫爾辛基、布達佩斯、柏林、新德里，還有西非……太多了……那時我還小，許多都不記得了。』

她走到窗邊，繼續說道：

『我們每次都住旅館，從一間住到另一間……直到一天，我們到了南斯拉夫，爸爸開車載我們出去，車子出了意外，掉到山邊，只有我和哥哥活下來。是哥哥揹著我爬出車廂的。那時我只有七歲。』

她低頭把玩著腕上的橄欖石手鐲，眼裡溢滿淚水。

鄭魯走過去，捉住她一雙手，用眼神安慰她。

她說下去：

『我哥哥也是一直住旅館，他是一位戰地記者，替通訊社工作。我們約定每年在一個地方見面。我哥哥很疼我，他會摸摸我的頭頂，跟我說，我是他的驕傲。』

她手放在頭上，看向窗外。

夜深了，那個穿藍色夾克的身影在對街一盞昏黃的街燈下默默守望。

14

生日那天，喜喜給自己買了一雙長襪。

鄭魯在那幢玻璃屋裡為她慶祝生日，請來他那幾個朋友。香薰治療所的主人送她一束薰衣草，農夫帶來了一籃新鮮雞蛋。

客人離開之後，喜喜趕走那條黃蜥蜴，坐在客廳的布沙發上，喝自己帶來的一瓶桃子味伏特加。

鄭魯坐到她身邊，捉住她拿著酒杯的那隻白皙的手說：

『別喝那麼多酒……至少……別喝伏特加……』

她笑盈盈的眼睛望著他說：

『這酒好喝啊！』

這天晚上，她沒走。

午夜三點鐘，她從床上醒來，轉頭看他。

他睡得很甜，發出平穩的鼻息。

她身上裹著一條被單，摸黑溜出客廳。

她險些兒絆倒，連忙抓住身邊一樣東西穩住自己，她摸到一塊滿是疙瘩的皮，嚇了一跳，手一鬆，感到有一條尾巴在她腳背竄過。

她亮起客廳的一盞小燈。

她剛剛抓住的原來是佛像的頭頂。愛盤踞在那個頭頂上的綠蜥蜴無花不見了。

她在廚房冰箱裡找到她那瓶桃子味伏特加。

她站在客廳的落地玻璃窗前面，望著黑漆漆的院子，呷著杯裡的伏特加。林子裡傳來貓頭鷹的叫聲。

那條綠蜥蜴悄悄爬回去佛像的頭頂。

五點鐘，一群鳥兒在院子裡吵個不停。

她喝光了伏特加，回到那張陌生的床上睡覺。

六點半鐘，她睡得很熟。鄭魯醒來，到廚房裡喝小麥草汁，在院子裡做瑜伽。做完瑜伽，他餵飼那六隻鸚鵡和兩條蜥蜴。

喜喜有時會在他家裡過夜。

她在屋裡時，鄭魯會把鸚鵡拴起來。

那六隻鸚鵡一定很恨她。她也恨牠們。

一天晚上，她和鄭魯坐在院子的紅磚台階上聊天。

他喝氣泡礦泉水。

她喝桃子味伏特加。

他望著她說：

『你把旅館的房間退了，搬來這裡好嗎？我不放心你一個人住在那個兔子窩。』

她看了看他，說：

『不行啊！』

他怔了怔：

『為什麼不行？』

她說：

『我有時喜歡一個人。』

他問道：

『你不喜歡跟我一起嗎？』

『留著那個房間，要是有天你討厭我，我可以回去啊。』

『我怎會討厭你？』

她靜靜地望著林子。

『那沒關係……我可以跟自己戀愛……』

『一個人怎麼能夠跟自己戀愛？』

她搖晃著杯子說：

『為什麼不可以啊？我跟自己甜言蜜語……我跟自己山盟海誓……我跟自己長相廝守……我不會背叛我自己……』

『那太孤單了……』他抓住她的手。『我不會讓你這麼做。』

她悲傷地說：

『愛情是一百年的孤寂。』

第二天早上，她離開玻璃屋。

十一點鐘，她買了報紙。

十一點二十分，她在旅館那張床上讀占星欄。

沒有愛情就過不了日子的雙魚，
會遇到美好姻緣。
幸福來的時候，
別讓它從身邊溜走。

夜晚七點鐘，鄭魯在餐廳裡向她求婚。

他把一枚光禿禿的白金戒指放在她面前，柔情蜜意地說：

『你不用現在馬上答應，你準備好再告訴我。』

她抿著嘴唇，黑亮亮的眼睛望著鄭魯，微笑著沒說話。

九點鐘，他們離開餐廳，回去山上的玻璃屋。

半夜三點鐘，她醒來，光著腳到廚房打開冰箱找伏特加。

冰箱裡沒有她要的東西。

她溜回客廳，亮起一盞小燈，凝立在落地玻璃窗前，看著迷茫夜色。

今天晚上沒有星。

她望著手上那枚戒指。

不對，不是這種感覺。

是哪裡出了問題？

籠子裡的一隻鸚鵡拍著翅膀很想出來。

佛像頭頂那條綠蜥蜴無花對她虎視眈眈。

她看了一眼這幢房子，感覺自己像個陌生人。

她心中某個東西突然枯萎了。

她把那枚光禿禿的戒指從無名指上扯下來，慢慢走過去，套在蜥蜴『無花』那根醜陋的尾巴上。

蜥蜴動也不動，彷彿那枚戒指本來就是屬於牠的。

喜喜往後退了幾步，靜靜望著佛像微笑的臉。

如夢幻泡影，

如露亦如電。

她抱著她今天晚上穿來的那雙亮晶晶的紅鞋子，悄悄溜走。

五十分鐘之後，她回到旅館，馬上打包行李，到櫃台退房。

她在機場旅館住了一夜，關掉手機，把頭髮染回黑色。

第二天，她買了一張新的電話卡。

鄭魯再也不會找到她了。

她突然明白，她害怕熱愛生命的人。在這些人面前，她總會覺得羞愧。

十點鐘，她帶著行李和那張『星夜』，搭上往東京的一班飛機。

她在機上發現林克。

他拎著輕便行李，泰然自若地從她身旁走過，在最後一排找到自己的位子坐下。

她低下頭，專心讀報紙占星欄和那本《百年孤寂》。

愛情是一百年的孤寂。

第三章

你 遛 我的 影子

愛上 一個人，是不是 都由 沒道理 的 嫉妒 開始的？

1

喜喜住進東京新宿一家便宜的小旅館，把『星夜』掛在房間的牆壁上。

她打了幾通電話，最後一通電話打到對街那家小旅館的櫃台。

她用英語問：

『請問有沒有一位林克先生住這兒？他是從香港來的。』

櫃台的職員回答：

『有的，你需要把這通電話接到房間去嗎？』

她掛掉電話。

終於找到了。原來林克住在那邊。

她走到窗邊，隔著窗簾看向對街那幢有點殘舊的旅館。天已經黑了，旅館的窗戶亮起星星點點的光。

她從機場出來時沒看到他，還以為他跟丟了。

他會奇怪她為什麼一夜之間從鄭魯身邊逃走嗎？還是他跟她一樣，也會在那些熱愛生命的人面前感到寒傖？

她穿上一襲紅色風衣離開旅館，在附近的酒館吃了一碗拉麵。

店裡沒有伏特加，她喝了兩杯梅子酒，然後走路回旅館。

她累了，蜷縮在房間的窄床上，望著牆上的『星夜』入眠。

她在夢裡又見到哥哥。

她和哥哥面對面坐在一列北行的火車上。

哥哥不解地問道：

『你為什麼不嫁給那個人？你本來可以幸福的……』

『可是……可是……』她喃喃說道。『我害怕有一天我會變成鸚鵡啊……』

哥哥笑了：

『那我會變成那條叫無花的蜥蜴。』

三個禮拜之後，喜喜穿著她在東京地下街買的一雙酒紅色的麖皮長靴和深紫色羊毛帽，搭上一列開往長野的新幹線火車。

她拖著行李穿過一個個車廂，最後，她在禁煙的那一節車廂找到一個位子。

她放好行李，把帽子脫下來丟在旁邊的空椅子裡。

車子緩緩離開月台，她打開在車站買的一份英文報紙讀占星欄，也讀一份日本報紙的占星欄。

她試著從占星欄裡的幾個漢字推敲出意思。這時她突然發現，她多麼像是在解開《數獨》的謎題啊？於是，在這一趟旅程中，她都看日本報紙。

窗外下著雨，她揉揉眼睛，靠在椅背上睡著了。

半路中，她動了一下，矇矇矓矓看見她那頂帽子掉到地上。她想伸手去撿起來，但她太睏了。

2

她在椅背上醒來時，看到窗外毛茸茸的飄雪，興奮得把臉貼到車窗上看雪。

看了一會，她轉過頭來，不禁怔住了。

她發現她那頂羊毛帽好端端的躺在旁邊沒人的位子上。
她悄悄探頭出去走道張望，這節車廂裡只有兩個結伴出遊的中年婦人，一個老男人和他年輕的情婦。
她拿起帽子看了看，重新戴回頭上，微微一笑。
這時，坐在走道另一面的其中一個中年婦人看過來，摸摸自己頭頂的白髮，又指指喜喜的頭頂，微笑咕噥了幾句她聽不懂的話。
原來是她不是他嗎？
喜喜臉上浮起失望的神情，笑不出來了。

她在長野站轉搭火車，在第三個站下車。
她拉著行李走出車站。
雪下大了，她伸出一雙手，一朵朵雪花飄落在她掌心裡。
這雪多美啊！哥哥。
她搭計程車到一幢附露天溫泉的民宿，在櫃台辦了住房手續。
她進了房間，換掉牆上的一幅浮世繪織布畫，掛上『星夜』。

然後，她換上旅館提供的日式浴衣，帶了一條小毛巾，踩著日本屐踢踢躂躂的到樓下去泡溫泉。

溫泉裡只有她一個人，她赤身露體走進冒著熱氣的繪木風呂，任由雪落在她白皙的肩膀上。

女子溫泉跟男子溫泉用一面竹牆分隔開，她把眼睛湊上去竹片的縫隙偷看，什麼也沒看見。

後來她發現，林克不住這兒，他住在附近另一幢較便宜的民宿。民宿外面有一個讓遊人泡腳的腳溫泉，她走到那邊泡了幾次腳。

她在長野待了兩個禮拜，每天拿著地圖出遊，在百貨公司買了一雙亮麗的草綠色毛絨手套，吃蕎麥麵吃得很滿足，夜晚泡完溫泉，就睡在榻榻米上。

然後，她一路坐火車北上，在秋田和青森待了幾個禮拜，直走札幌。

林克一路都裝成各樣的人物跟蹤她。

她把他的喬裝列成單子：

在長野時，他是拿著地圖的背囊客和穿著和服的壽司師傅。

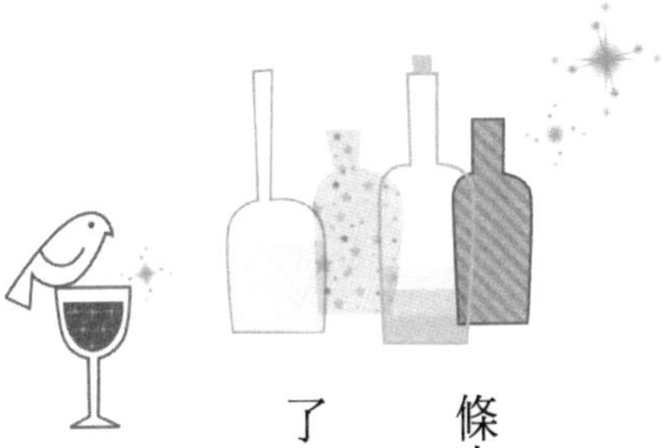

在秋田時，他是穿著西裝和風衣，拎公事包的上班族和穿制服的餐廳服務生。

在青森時，他是白頭髮、蓄了鬍子的日本中年漢，手提包夾在腋下，走路八字腳。這一回，她差點兒認不出他來。

到了札幌，他又變回穿藍夾克的背囊客。

離開札幌的前一天夜晚，她到大通公園去看雪祭，人潮摩肩接踵，彩燈映照在雪雕上，如夢似幻。

她擠開人群往前走，好幾次故意停下來看雪雕，沒看見林克。

他跟丟了嗎？

從大通公園出來，漫天飄雪，她哆哆嗦嗦地沿著人行道走向旅館的方向。

她一直往北走，遠離人潮，越過已經關門的商店街，穿過寂靜的車站，走上一條空蕩蕩的街道。

百貨公司打烊了，她食指的指尖在水氣朦朧的櫥窗上一路劃開去，在身後留下了一道綿長的彎彎曲曲的指痕。

走到拐角的那個櫥窗時，她發現走錯了路，猛然掉轉頭。

她瞥了一眼路口的一根圓形石柱，換另一隻手，順著她留在櫥窗上的指痕回頭再劃一遍。

猝然之間，她發現那道彎彎曲曲的指痕變寬了，似乎有另一隻手的指尖在她不覺時，撫過她留下的指痕。

她心頭一顫，沒敢回望。

她沒停步，微笑的幸福的指尖一路在那道變寬了的指痕上緩緩滑過去。

直到它消失在一根柱子前面，她才收回那隻凍僵了的白皙小手，貼到嘴唇上呵氣。

3

第二天，她搭火車從札幌北上釧路。這一回，林克終於跟她坐在同一個車廂。

他一頭白髮，穿著樣式落後的西裝，拄著一根柺杖，喬裝成一個駝背的老人，步履蹣跚，在前排找到一個位子坐下來，跟坐在後排的她隔了十二行的距離。

一路上，兩個人走了那麼多的路，喜喜已經不再擔心林克會把她跟丟了。

她低下頭，專心推敲日本報紙上的占星欄，又看了一會書。車廂裡的暖氣和顛簸的車程使人懨懨欲睡。她睡著了。

她睡得不知人間何世，模糊中感覺有一隻手輕輕推了推她的肩膀。她沒理會，那隻手又推了她一下。

她張開眼睛醒來，看到面前一個朦朧的人影漸次清晰，穿制服的車掌對她微笑。他指指窗外，咕噥著日語，原來，火車已經抵達終站，其他人都下了車。

她連忙站起身拿行李。

這時，她看到喬裝成駝背老人的林克拄著枴杖顫巍巍地離開車廂。她走另一邊出口下車。

她拖著行李箱走出車站。

積雪深深，這裡比札幌更冷了。

她終於走到旅程的最後一站，踏足這片蒼茫的雪地。在那個夢裡，她是和哥哥搭上一列往北的火車的。

4

許多年以前，她曾經跟哥哥約定，等他們將來有錢，他們要一起流浪天涯。

生命中最早的記憶已然模糊，她依稀記得曾經跟哥哥衣衫襤褸的在街頭行乞度日。

然而，哥哥否定了她這段記憶。

哥哥說，是父母相繼病死之後，他們才被送到孤兒院的。兩個人從來就沒當過什麼小乞丐。

但她不相信哥哥。

她覺得父母不是病死的。她想像爸爸媽媽都是美麗的人兒。爸爸是著名的教授，經常帶著媽媽和他們兄妹倆在世界各地講學。有一天，他們搭的那班飛機在沙漠失事，機上的人全都死了，只有哥哥和她奇蹟地活了下來。

後來，她又改變了想法。

她幻想爸爸是一位足跡遍天下的自由攝影師，媽媽則是一位藝術家。她同哥哥從小就跟著父母遊走世界，見過各式各樣的傳奇人物。他們是幸福的一家四口，直到一天，一場車禍奪走了一切，剩下她和哥哥相依為命。

日復一日，她不斷為這個故事加添許多細微末節，漸漸地，她自己都信以為真了。

她是靠著這個想像的故事來度過無數孤苦漫長的夜晚。

這時，風從她身邊呼嘯而過，雪花如煙雨般落下，就像那些風景玻璃球裡的雪景。她臉頰晶亮，拎著行李，匆匆搭上一輛計程車。

她在一家白雪覆蓋的小旅館落腳。附近一帶並沒有別的旅館，林克尾隨著她住了進來。

他由駝背老人變成了戴近視眼鏡和藍色羊毛帽的年輕遊客。

喜喜住二一一號房，他住二一二。

兩個人的房間只隔著一面空心牆。她把『星夜』掛到那面牆上。

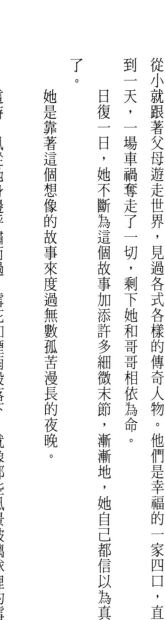

漫長的旅程中，這是頭一回嗎？林克就睡在她隔壁，在她那幅『星夜』背後。

起初的幾天，她簡直沒法睡好，也沒法專心看書。到了夜裡，她總是忍不住好幾回把耳朵貼到那面牆上，心跳怦怦的偷聽他在房裡做什麼。

他很安靜。這是偵探的職業本能嗎？

他睡得不好。她聽到他三更半夜在房間裡踱步的聲音，也聽過他在床上輾轉的聲音。有一次，他甚至不小心把頭撞到床背上，發出『砰』的一聲。

他是不是有失眠症？還是他不習慣陌生的床？

他半夜睡不著的時候都做什麼？是做《數獨》？還是在黑暗中想念離他而去的前妻？這時候，他會感到寂寞嗎？

一天午夜，她聽到那面牆背後傳來一聲聲咳嗽。

林克著涼了嗎？

她擱下正在看的書，悄悄下床，躡手躡腳的走過去，頭倚在牆上，傾聽了許久。

他又咳了幾聲。她聽到他擤鼻子的聲音。

都是她不好，把他引來北方這片苦寒的雪地。

她把一張臉都貼了上去偷聽。由於太專心，她頭頂撞到那張『星夜』。畫掉下來的時候，她及時用一雙手接住了，這才沒有發出聲音。

她一隻手按在胸口上，驚魂甫定，喘了一口大氣，輕輕把畫掛回去，溜回床上。

他們走了那麼多的路，她想起自己還是頭一回聽到林克的聲音，卻只有咳嗽聲。

後來的一天夜裡，她在床上翻來覆去睡不著，猝然之間，她聽到那面牆後面悠悠盪來一把女人的幽怨微弱的歌聲。

5

她亮起了頭上的一盞小黃燈坐起來，掀開被子下床，裸著腳走過去，背貼牆上。

歌聲悠悠流轉，如魔似幻，如泣似訴，是『秘密花園』的〈夜曲〉。

林克是在聽歌嗎？

她的背依戀著牆，心弦顫動。

她伸出下巴，像貓兒般抬起一條腿，身上穿著單薄的蓋到腳踝的白色睡裙，抱住胳膊，跟自己慢舞。她舞過蒙霜的窗邊，飄過床沿，滑到那張『星夜』底下，軀身在房間裡亂轉。歌聲絲絲縷縷的不曾停歇，依稀可聞。直到她跳累了，摔倒在床上。

這天晚上，她睡得很酣。

第二天上午，她幾乎把所有禦寒的衣服都穿在身上，戴上帽子、圍巾和手套，臃腫地離開旅館。

積雪很深。十一點鐘，她走在渺無邊際，一片蒼茫的濕原上。

她在雪中獨步，身後留下一個個足印，馬上又被落雪覆蓋。

人們去看丹頂鶴。她沒去。

她害怕大鳥，害怕胖鸚鵡，也害怕鷹。

哥哥曾經告訴她，鷹會吃腐肉和屍體。從此以後，她看到鷹都會全身起雞皮疙瘩。

雪大塊大塊地落下。

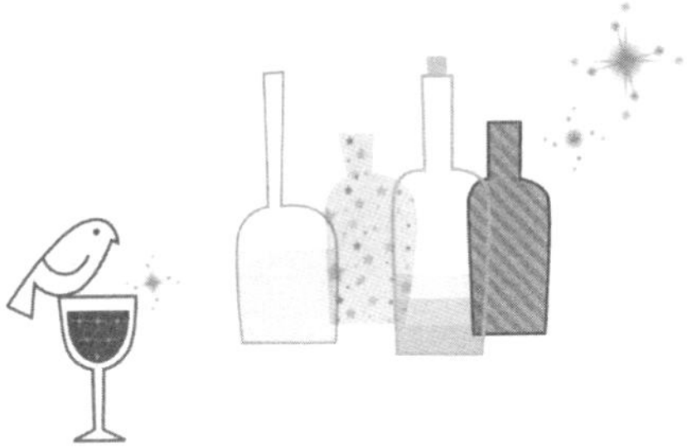

這裡好冷啊！哥哥。她裹緊身上的大衣。

跟哥哥一起浪跡天涯的約定，從來就沒有兌現過。

倒是她跟另一個人來了。

哥哥到底跑哪裡去了啊？為什麼一去無蹤？

她哭了，伸手到後面，想要把被風掀開了的、綴著毛邊的大衣帽兜重新拉回來。她笨拙地拉了好幾次，想放棄的時候，終於拉到了。她覺得自己好像曾經碰到另一隻手。

以前每年她生日，哥哥都會送她禮物，唱片、手鍊、書包、書……哥哥常常說：

『你看那麼多的書，不怕將來變成近視妹嗎？』

離開濕原，她在百貨店買了一雙長襪給自己，今年這一雙是魚網襪。

六點鐘，她去吃了海鮮飯，喝了兩瓶清酒。

九點十分，她走進旅館附近的一家酒館。

她脫下帽子、頸巾和臃腫的大衣，拉住手套的指尖把手套扯下來甩在桌子上，

坐在窗邊的那一桌。

林克不在這兒，這兒太小了，他沒法藏身。

她估計他是在對街那家彈珠店裡。

她用手抹了抹窗子上濛濛的水氣，偷偷看過去。那兒亮著燈，她看到一排坐在彈珠機前面的背影。

她吃了烤魚、牛肉和豆腐，喝了好多杯燒酒。

她感覺一張臉發燙，眼前的一切開始變得有點朦朧。

她又抹抹窗子，外面的雪下大了。她眼睛花花的。

這酒很烈啊！哥哥。

她雙手撐著桌子，醉茫茫地站起身，穿上大衣，到櫃台付錢。

雪茫茫。

她從酒館出來，蹣跚走在雪地上，走了幾步，腳下一滑，摔了一跤。

她七手八腳爬起來，一雙手凍僵了，這時，她在大衣的口袋裡找到一隻手套，卻找不到另一隻。

她看看身邊，沒看到那隻手套，說不定忘在酒館裡了。

她搖搖晃晃的往回走，又回到酒館去。

她推開酒館那扇木門，看到她那隻草綠色的毛絨手套孤零零地掉在桌子底下。

她果然把它留了在這兒。她微笑著走過去，拉開椅子坐下來，想俯身撿起手套。

但是，那隻手套離她好遠啊！

她的手無奈地縮回來，趴在桌上，臉埋手臂裡，覺得頭很昏，迷迷糊糊睡著了。

當她醒來的時候，她發現自己躺在旅館的床上，蓋著被子，身上依然穿著那身臃腫的衣服。

她那雙綠色手套跟那本《百年孤寂》挨在一起，好好的躺在床頭的矮櫃上，旁邊擱著一杯水。

她坐起來，擰亮頭上的一盞小黃燈，口中乾澀，把杯裡的水喝光。

她覺得熱，脫掉身上的衣服丟到腳邊，拿起手套和書看了看。

林克翻過這本書嗎？他是什麼時候走的？

掛著『星夜』的那面牆背後，悄然無聲。

她抱著書，輕柔柔地滑進被窩裡，重又睡著了。

那個夜晚他睡不著，一直在想那個女孩子，心中充滿對她的慾望和憐憫。

他很想去愛她，守護她。

6

四月的時候，喜喜從札幌飛回香港。

她住進蘭花旅館三〇三號房，把牆上那張小蒼蘭的掛像丟到五斗櫃後面，換上《星夜》。

當天晚上，她把在旅途上長出來的頭髮剪成貼頭的劉海，然後染上紫紅色。

她現在看起來像十九歲。

紫色是雙魚座的幸運色。

她在香港機場失去了林克的蹤影。夜晚，她在附近酒吧喝桃子味伏特加的時候又見到他。

他一個人喝白蘭地，做《數獨》。

第二天，她下午離開旅館時，看到他臉上架著一副太陽眼鏡，身穿藍夾克，混在對街巴士站等車的隊伍之中，手上拿著筆，低著頭做《數獨》。

他解不開謎題的時候，會不會忍不住偷看書底的答案？

他到底總共有幾件藍夾克啊？

今天早上她打開電腦看戴德禮電郵過來的跟蹤報告。回顧他們剛剛完成的那段旅程，林克拍的，全是她走路的照片：機場、車站、碼頭、公園、雪地、濕原……她追趕巴士、轉火車，走在人潮如鯽的熱鬧大街上……

在林克眼中，彷彿她的一雙腳從來不曾停下來。

只有無家的人，才會一直走路吧？

她往東走，在一個報檔停下來，買了報紙，邊走邊讀占星欄。

自從哥哥在她十歲那年送她一本封面印有黃道十二宮圖的占星書，她從此愛上了占星術。

誰可一窺星辰的奧秘？

凡人只可拈星微笑。

不管哪一天，只要她那天還想要知道今天的占星欄怎麼說，跟昨天又有什麼不同？金星進入雙魚宮會不會有新的際遇？那麼，她就有活下去的力量和好奇心。

朋友會找你幫忙，
善良的雙魚無法拒絕。
凡事要量力而為，
心腸太軟只會害苦自己。

讀完占星欄，她打電話給碧碧。

『碧碧，我是喜喜。我改電話了。』她報上電話。『以後有選角打這個電話找我喔……我還好啦……我跟哥哥一起去旅行了，昨天剛回來……我哥？我哥比我大五歲，我們很親。介紹給你？你失戀了麼？你什麼星座？金牛？那不行啊……我哥是天蠍。蠍子跟金牛這一對，注定有性沒愛……西門慶跟潘金蓮就是著名的蠍子男配金牛女，沒結果的……況且，我哥已經有女朋友了……』

五點鐘，她帶著在旅途上做的幾件首飾到小綠的店裡。

小綠一看到她，高興得好像遇到救世主似的，嚷著：

『我打電話找你好幾遍了！為什麼你給我的那個號碼找不到你啊？』

『我改電話了喔。』她報上電話，然後從包包裡掏出一個黑色的絲絨布袋，把首飾倒在玻璃櫃上。

『你可以替我看店嗎？』小綠問。

『今天？』

『不是今天，是從這個周末開始，只要三個禮拜。我要去印度旅行，本來有個朋友答應幫忙，臨時又說不行。真是急死我了！』

占星欄裡說的朋友原來是小綠，不是碧碧。

『好喔！』喜喜爽快答應。

『噢！太好了！我買絲巾回來送你喔！』

小綠摸摸喜喜柔軟的紫髮說道。

『你就有本事染什麼顏色都好看。』

『你不能只用一種顏色，你得自己調色。』她說著把她做的一顆紫水晶戒指套在手指上看看。

這回林克沒法只拍她走路的樣子吧？他總得拍下她看店的模樣啊。

打那個周末開始，喜喜每天下午離開旅館回首飾店去，在店裡待一整天，有時看書，有時招呼客人，跟客人聊天。遇上三心兩意的客人，她就說老實話，告訴對方，哪一件飾物值得買。

有幾個客人稱讚她的紫色頭髮漂亮，其中一個很時髦的，說她的紫髮可愛得像一根胭紅掃。喜喜把她用的染髮劑品牌告訴她們，又告訴她們是哪個號碼的紫跟哪個號碼的紅調色。結果，客人回家染了紫髮之後常來光顧。

林克一下子看到那麼多紫頭髮的女人進出首飾店，會不會一頭霧水，某天跟蹤錯了另一個人？

每天晚上，喜喜關店之後就去吃飯，喝桃子味伏特加。

林克每天陪她上班下班。他成天待在路口那家茶餐廳裡，守護著她。

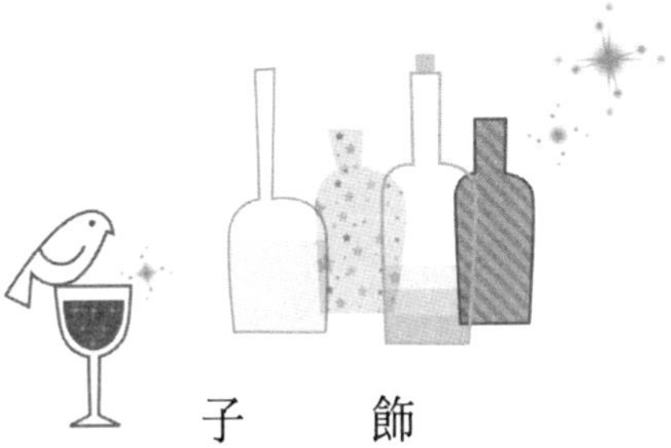

到了五月，天氣回暖，她收起靴子，換上涼鞋和薄衣裳。

店裡沒有客人的時候，她坐在櫃台裡，隔著櫥窗玻璃看向外面，看著來往的車流和路人。

一天，她望著外面發獃的時候，看到一輛黑色跑車駛過之後又慢慢倒車回來，停在對街。

駕駛座上走下來一個男人，穿牛仔夾克、汗衫和棉褲，瘦瘦的肩膀，頭髮剪得很短，像是在軍營裡似的，約莫五呎十吋，越過馬路朝她走來。

7

他先是在櫥窗外面駐足看了一會，然後直板板的走進來，裝著瀏覽貨架上的首飾。

喜喜好奇地偷瞄了他一眼。他不到三十歲，一臉傲氣，卻又一副心不在焉的樣子，時不時伸手摸摸露在牛仔夾克上的一截頸背。

一會兒之後，他掉頭過來，走到櫃台前面，帶著些許微笑向喜喜求助：

『我想買一份禮物送人，不知道買什麼好……』

喜喜問道：

『是送給女朋友的嗎？』

『不……是送給我妹妹的。』

『你妹妹喜歡什麼首飾？』

他摸摸頸背，答道：

『我不是很清楚……』

『那她年紀有多大？』

他看看她，說：

『跟你差不多。』

『你知道她是什麼星座的嗎？』她探問。

他好像沒想到她會這麼一問。他假裝思索，然後說：

『呃……我不懂星座……』

她又問：

『你記不記得她的生日是哪一天？』

他隨意回答：

『十一月……好像是七號，還是八號？』

她盯著他，懶懶地說：

『你根本沒有妹妹……對嗎？』

他被她揭穿時，摸著頸背，露出窘困的樣子。這時，原有的傲氣消失了。他有點尷尬，也有點憂鬱地說：

『我原本有一個小妹子……』他用手在大腿旁邊比了一個高度。『她很小的時候死了，只有三歲，是病死的。』

她心都軟了，同情地望著他。

她幹嘛要揭穿他啊？

『但你還是可以買點什麼給她的。』她溫柔地說。

她以贖罪的心情替他挑了一條綴滿星星的銀手鍊，戴到手腕上比給他看，說：

『你看這些星星做得多漂亮！不管她是哪個星座，都會喜歡。』

『好的，我就要這個。』

他買下那條手鍊。

幾天後的一個夜晚，他又來了，樣子有點累，說他剛剛做完工作，經過這附近，想起她，問她想不想一起吃頓飯。

這時，店裡的音響流轉著一首歌。

夏日的夜晚，
好想談一場戀愛，
牽著你的手，
看你看我的傻模樣……

她關上店門，跟他出去了。

他叫馬林，那天吃飯時打趣說自己是小犬座，實際是雙子座，明年五月二十三日將滿二十九歲。

馬林，跟林克有一個字相同。

喜喜不期然聯想到福爾馬林，一種用來製標本和屍體的防腐劑。

她也想到福爾摩斯。

中學時是推理學會會長，如今當上私家偵探的林克，也一定讀過，甚至迷過福爾摩斯吧？

馬林九年前跟另外三個人組織了一支搖滾樂隊，出過一張不暢銷的唱片，已經沒有太多人記得了。這支失意樂隊在不同的酒吧、俱樂部和派對表演，有一票奇裝異服，看來像離家少女和小怨婦的歌迷跟著他們。

喜喜以前從沒聽過他們的歌。

她不愛搖滾。

他喜歡她，因為她竟然不喜歡搖滾，因為她竟然沒聽過他們的歌，因為她竟然不知道〈苦悶妮可兒〉這首歌。

一天晚上，他陪她走路回旅館。他有點驕傲地提起這首歌。喜喜隨口問：

『是誰唱的？』

他一臉失望：

『你沒聽過？』

喜喜微笑搖頭。

馬林突然就站在人來人往的夜街上，大聲清唱起他寫的這首〈苦悶妮可兒〉。途人紛紛轉過頭來看他們，有人駐足。

他得意地瞄了喜喜一眼，像個在街頭賣唱的藝人似的，繼續陶醉地高歌。

她抱著手臂欣賞他忘情的演出。

等他唱完，途人陸續散去了，喜喜拍拍手掌，然後從荷包裡掏出一個銅板丟給他。

馬林伸手接住她丟過來的那個銅板，臉上露出一副洩氣的模樣。

她的眼睛淘氣地笑了。

『誰是妮可兒？這首歌是為她而寫的嗎？她是你喜歡過的女人嗎？』喜喜心裡想著，始終沒開口問。

愛上一個人，是不是都由沒道理的嫉妒開始的？

她的目光斜斜地越過馬林的側臉看到那個穿藍夾克的落寞身影。

林克本來跟他們並排走在對面的人行道上，漸漸落後了。

嫉妒是愛情的徒刑。

8

喜喜每天晚上都去聽馬林那支樂隊演唱。到了九月，她已經跟他們跑過不同的酒吧、夜總會和狂歌熱舞的派對了。

樂隊的另外三個人：喬、韓和小北，她全都熟絡了。他們是夜貓子，都愛喝酒，沒有一個愛喝伏特加。喬和韓抽菸抽得很凶。小北會趁馬林不在的時候逗她說話，向她放電。

當她跟他們一起的時候，林克像一頭忠心的大黃狗那樣，總是在附近守護著她。

她眼看那幾個像離家少女，也像小怨婦的歌迷在喬、韓和小北身上輪流轉手，今天跟這個，明天跟另一個。

那天晚上，在一個擠滿人的派對上，其他人都溜到舞池上跳舞，他們那一桌只留下她和馬林。

她呷著桃子味伏特加，把玩著歌迷丟在椅子上的一個鈴鼓。

他喝著啤酒。

她問他：

『你以前也跟歌迷搞嗎？』

他噘噘嘴，好像受了委屈似的：

『我從來不跟歌迷搞。』

他又說：

『我已經警告過喬他們很多次了，別跟歌迷胡搞，他們就是不聽。這些女孩子太小了。』

她望著他：

『要是你妹妹還在，也是跟她們這個年紀嗎？』

馬林略顯傷感，喃喃說：

『比她們大一兩年……』

喜喜搖著手裡的鈴鼓，說：

『要是我死了，我哥哥一定會很傷心。他很疼我。他會摸著我的頭對我說，我是他的驕傲。小時候，我們住在海邊的房子裡，到了夜晚，常常會傳來呼呼的風聲

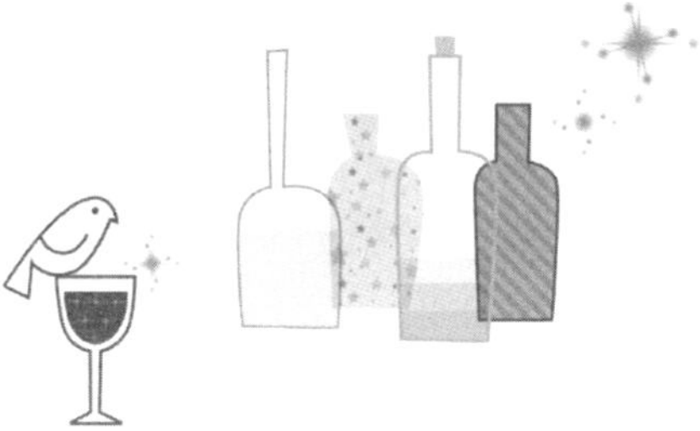

和蛤蟆的咕咕叫聲。』

鈴鼓哐啷啷的響，她繼續說：

『哥哥的睡房在我的睡房隔壁。我怕黑，他會捲起被鋪和枕頭走過來我的房間，睡在我床邊的地毯上，一直陪著我，直到我睡著才離開。他告訴我，那些蛤蟆也是因為怕黑，所以咕咕叫。要是我怕黑，我就是蛤蟆！』

她笑著接下去說：

『他又會把枕頭當成吉他，唱歌給我聽！我都忘了他唱的那些歌，有一首好像是這樣的……』

她手在鈴鼓上輕輕打拍子，湊到耳邊傾聽。

馬林的手搭在她的肩膀上，問道：

『你哥哥是做什麼的？』

她說：

『哥哥是開小型運輸飛機的。不過，不是在這裡，是在西非……』

馬林臉露一個好奇和讚嘆的表情。

她說：

『哥哥的飛機運貨，運人，也運動物。那些坐飛機的動物，要不是鎖在特製的鐵籠裡，就是上機前已經注射了麻醉藥的，免得牠們受驚。有一回，哥哥運過一隻長頸鹿……』

她把鈴鼓放到頭頂上，伸長脖子說：

『由於長頸鹿實在太長了，沒有適合的籠子，只好讓牠捱一劑麻醉藥。一群工作人員七手八腳把牠扛上機艙時，牠簡直就是從機頭睡到機尾，一雙腳一直頂住艙門……』

她收回脖子說：

『哥哥說，長頸鹿睡著時也會夢囈和流口水，但牠真的是太長太長了，牠上機時流出來的一滴口水，到飛機降落時，都還沒流到脖子的一半……』

她笑笑說：

『不過，我知道這個笑話一定是他編出來逗我笑的。哥哥也運過猩猩，他說看到猩猩就想起我，因為我手臂好長……』

她把手伸到馬林面前。

馬林吻了那隻手。

『我好喜歡聽哥哥說西非的故事啊！我們約定，每年都會在西非一個地方見面……』

她喝光了杯裡的伏特加，望著舞池上方那盞流轉如飛的巨型彩色吊燈，咬著唇，默然無語。

馬林突然說：

『你有沒有發現有個男人好像老是在你出現的地方附近出現？』

她驀然一驚，問道：

『是你嗎？』

馬林撇撇嘴：

『是另一個人！高高的，一副不修邊幅的模樣。我見過他好幾次了，你竟然沒發覺嗎？』他忽然指住喜喜身後的遠處。『你看！』

她心裡微顫，故意慢慢才回頭看去。她身後的遠處是吧台，那兒擠滿了人。

她沒看見林克。

她鎮靜地問：

『你要我看什麼啊？』

馬林醺醺醉意地說：

『我剛剛好像看到他在那邊……』

她說：

『是哪一個啊？』

他的目光找了一會，皺著眉說：

『現在不見了……』

她把頭轉回來，說道：

『你有沒有試過同一天裡，在不同的地方，竟然碰到同一個陌生人兩次？有些人，就是會剛好也去你去的地方……有些人就是會剛好也愛上你愛上的人……』

她醉茫茫地笑笑：

『我的意思是，生命中有很多偶然……雖然世上有千千萬萬的人，時間不斷流轉，你還是會在某天某地跟他相遇……這是命運啊……』

她扯到哪裡去了？彷彿她說了那麼多的話，只是為了拖延時間，給林克機會溜走似的。

夜總會沸騰著人聲和笑聲，她失去了她忠心的大黃狗的蹤影。

馬林牽住她握著鈴鼓的那隻手說：

『那個傢伙說不定迷戀上你，所以成天跟蹤你……不知道哪天會突然撲出來……』

喜喜朝馬林吐吐舌頭：

『你別嚇我好不好？』

馬林把她抱在懷裡：

『不用怕！要是他敢對你做什麼，我會宰了他！』

她喃喃說：

『可是……根本就沒那個人。』

到了十月的最後一天，喜喜收到戴德禮電郵過來的跟蹤報告。

這幾個月來，她明明幾乎每天都跟馬林一起，馬林有時候在她旅館的房間裡過夜。可是，這一份報告就跟之前的幾份報告一樣，相片中只有她一個人。

她在酒吧外面踽踽獨行……

她從不同的夜總會走出來……

她在人行道上邊走邊讀報紙的占星欄……

她走過燈火闌珊的夜街，一臉落寞……

報告裡，連提都沒提過馬林、喬、韓或小北。

這是哪門子跟蹤報告啊？

她把報告存檔，關掉電腦。

五點鐘，她離開旅館，在便利店買了報紙和一盒『漁夫』原味喉糖。

她早上起來就開始覺得喉嚨不舒服，一定是前一天在酒吧裡吸了太多韓和喬吐出來的二手煙。

她吞了一顆喉糖，邊走邊打開報紙讀占星欄。

深情又時刻渴望愛人關注的巨蟹，
今天將會飽受嫉妒的折磨。
別讓妒忌使你失去理智，
愛一個人，
要懂得給他一點空間，

一點時間，
一點自由和一點任性的權利，
別用你的蟹爪子把他抓得太牢……

喜喜微微一笑，繼續讀雙魚座那幾行。

一個喜歡你的人，
今天會情不自禁向你表白心跡，
令你不知所措。
可是，
常常是愈愛愈迷惘的雙魚，
面對深情的表白，
也許會顯得猶豫，
要是你愛一個人，
試著讓他知道吧……

喜喜把報紙折起來。

多年以來，她只愛讀這個占星欄。

作者是一位自稱『星座小侏儒』的占星家。

她不知道他是男是女，是高是矮，是老的是年輕的，還是果真是個慧黠的小侏儒。但他一直都算得很準。

仰望無涯的星空和神秘不可測的宇宙奧秘時，我們不都只是一個小侏儒麼？

十歲那年，哥哥送她那本封面印有黃道十二宮圖的占星書。她指著圖，問哥哥：

『這是什麼啊哥哥？』

哥哥說：

『這個嘛……是星座圖，我們每個人都屬於其中一顆星……』

哥哥指給她看：

『這是太陽，這是月亮，你是這一顆……我是那一顆……天蠍跟雙魚距離有這

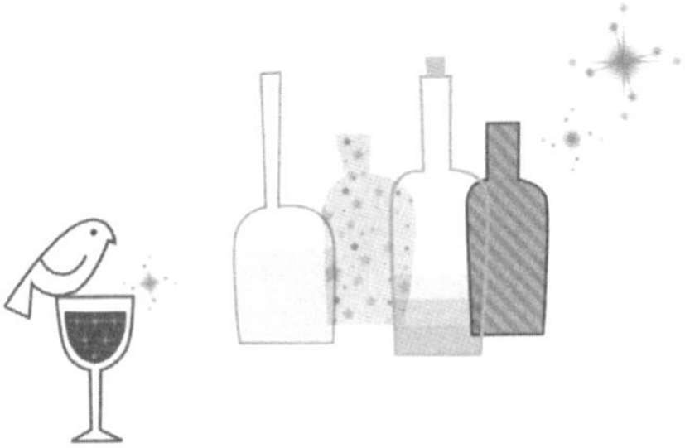

麼遠……』

『哥哥，』她抬眼凝望著哥哥，紅了一張臉說。『我好喜歡有你做我的哥哥。』

夜晚十點四十分，星星都已經紛紛出來露臉了。喜喜抵達夜總會外面，看到等著進去的長長的人龍。

守在門口的兩男一女接待員認得她是馬林的朋友，拉開門口圍欄上的一根繩子讓她進去。

那個女的接待員遞給她一張巫婆面具。

9

這一天是洋人的萬聖節。

她戴上面具進去夜總會。

這麼一來，想吃顆喉糖就有點困難了。

音樂吵個不停，到處都是人，她看到一堆吸血鬼，木乃伊、千年古屍、怪臉修女、頭頂上插著一把刀的淌血女鬼、科學怪人、穿黑白間條囚衣，腳踝上拖著鎖鍊和鐵球的囚犯、爛面男鬼和鐘樓駝俠。

那個扮成木乃伊的男人待會要怎麼上廁所啊？

喜喜用手擠開人群，走到吧台那兒，要了杯桃子味伏特加。

她把面具往上掀開些，啜了一口酒。

馬林、喬、韓和小北在台上唱著歌。

有一隻吸血鬼看到她掀開面具，走來跟她搭訕。她想告訴他，女巫好像從沒跟吸血鬼搞過。但她什麼也沒說，吸血鬼很沒趣地找修女去了。

一個鐘頭過去了，馬林他們還在台上。

他們又唱了那首〈苦悶妮可兒〉。

她一度踮高腳尖朝馬林揮揮手，馬林也朝她揮手。

她喝了三杯桃子味伏特加，吞下五顆喉糖，膀胱脹脹的。

她穿過擠滿人的舞池，突然有一隻手不知道從哪裡伸出來抓住她的肩膀。她回頭一看，那人誤會了她是另一個巫婆，道過歉，走開了。

她穿過長長的走廊，終於來到洗手間。

科學怪人從女洗手間出來。喜喜沒想到她是個女的。

她對著洗手間的鏡子挪了挪那張面具，她現在是個紫髮女巫，有一管可怕的勾鼻子。

要是她變成這樣，還有誰會愛她啊？

除了哥哥。

她拉開洗手間那扇重甸甸的金屬大門走出去。

走廊上飄著香味的白色霧氣，她咳嗽了幾聲，覺得面具後面有股醉意。

這時，一個戴著木乃伊面具的高大形影從走廊的另一端朝她直直地走來，身上穿著一件藍夾克。

她悚然一驚。

但她不能停步不前，否則，他會懷疑。

她慢慢往前走，面具背後的那雙眼睛儘量不去看他。

可是，當他走近她，跟她只隔著幾吋的距離時，他突然就停在她跟前。

她沒法不仰頭看他。

他也在看她。

四目交投的一刻，她看到了木乃伊面具背後一雙欲語無言的多情大眼睛。

那雙眼睛猶豫著。

猝然之間，他挪開了腳步，欠身讓她通過。

喜喜點頭表示謝意。

她的一顆心都快跳出來了。

一個喜歡你的人，

今天會情不自禁向你表白心跡，

令你不知所措……

她從他身邊走過時，看到那件藍夾克的一邊口袋裡露出一本書的一角。

她不用看也知道那本是《數獨》。

她沒回頭，直往前走。

她終於出了舞池，擠開比剛剛更多的人群，擠到吧台那兒，點了一杯桃子味伏特加。

酒保好忙，她兩個手肘支在吧台上等著。

她覺得喉嚨乾澀，禁不住用手掩著嘴巴低頭大聲咳嗽了起來。

一隻大手這時從後面輕輕拍她的背。

她全身一陣震顫，不知所措，沒敢回頭，咳嗽也止不住。

10

那隻手一直在輕拍。

她咳完了，緩緩轉頭過去，看到一張淌血的爛面。

馬林把那張爛面鬼的面具扯下來，笑著說：

『有個男人這樣替你拍背，你也不看看是誰？你怎知道一定是我？』

她沙啞著聲音說：

『我就知道是你，你拍背也跟拍子……』

馬林一臉糊塗：

『我有嗎？我哪有？』

她的心跳緩下來了。

她望著馬林，他臉上淌汗。這雙眼睛比她剛剛在走廊上遇到的那雙眼睛快樂多了。

深情又渴望愛人關注的巨蟹，

今天會飽受嫉妒的折磨……

她到底希望剛剛那一隻停留在她背上的是誰的手啊？

『你總共喝了幾杯？』馬林問道。

她酒意醺醺，碎碎唸道：

『我還沒開始喝呢……』

那個酒保壓根兒忘了她那杯伏特加。

『我們去跳舞吧。』馬林把她拉到舞池。

擠擁的舞池上，他們互相纏繞著起舞，馬林兩隻手放在她彎翹的臀上。

她的喉糖已經吃光了。

她又咳嗽了幾聲。

一隻大手輕拍她的背。

她抬起臉，微笑望著馬林：『你又拍我嘍？』

『我沒有啊……』

他的一雙手一直擱在她的臀上。

她驀然摟著他轉過身去，幾張木乃伊面具在她眼前有如幻影般飄過。

她眼花了，把馬林摟得更緊，對他笑。

『我是不是好愛你啊？』她喃喃說道。

她是不是應該結束這一切了？

明天就打給戴德禮。

馬林在她耳邊問：

『你剛剛說什麼來著？』

她沒說什麼，剛剛那個是問題。

她臉貼他的臉，輕柔柔地說：

『有一年聖誕節，我在學校的舞會上表演，哥哥來看我。那是我頭一次當主角，有一段獨舞。我太緊張了，一上台就摔了一跤。』

她繼續說：『回去的路上，我一句話也不肯說，只是垂著頭走路，我那顆頭愈垂愈低，差不多貼到肚子去了。哥哥一直陪在我身邊沒說話。直到天黑了，我還不願回家。哥哥突然很認真地說：「喜喜，你一直盯著地上看，要是撿到錢的話，我們要平分喔……」那一刻，我們兩個都咯咯大笑出聲來。』

她頭挨在馬林的肩膀上，看向他背後一張張如魔似幻的面具。

這時，她已經打消了明天去找戴德禮的念頭。

一天早上，她在旅館的床上醒來，推開窗，看到一部白色的家庭車在下面緩緩駛過，車頂上綁著一棵褐綠色、胖嘟嘟毛茸茸的聖誕樹，樹幹底部釘著一個木造的腳架，用一張銀色紙裹著。

這一天是聖誕節前兩天。

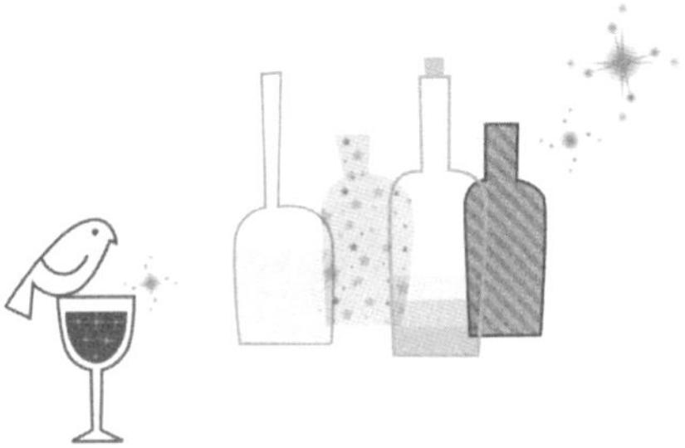

一年又過去了。

11

喜喜穿上米色風衣和紅色皮短靴，拎著一袋舊衣服出去。

她把舊衣服拿去捐給救世軍。臨近聖誕，送東西來的人比平日多，她排隊等了一會。

終於輪到她時，那個女職員認得她，一味稱讚她的紫紅色頭髮很漂亮。

喜喜摸著頭髮微笑。

她這頭髮沒法捐出來啊！

今天的占星欄寫道：

臨近聖誕，

周遭充滿歡樂，

接近神聖的東西會對你有好處……

她瞧了一眼掛在牆上那個耶穌被釘的十字架，把原本打算拿去小綠的店賣的幾件首飾一併捐了出來。

今天不用去小綠的店了。

她在熱鬧的大街上漫步，瀏覽百貨公司的櫥窗。四周擠滿趕著買聖誕禮物的人潮，不斷有人塞給她減價和大抽獎的傳單，她總共見到三個聖誕老人和五棵掛滿飾物的聖誕樹，其中一棵會發光。

她在百貨公司裡買了一雙減價的深紅色絹面高跟鞋，鞋頭上飾著一朵紫紅色的玫瑰花。

從百貨公司出來時，她已經穿上了新的鞋子，不時低頭欣賞腳下的玫瑰。

四點鐘，她坐在酒館裡，蹺起腿，啜著桃子味伏特加，靜靜地讀徐四金的《香水》。

看書時，她喜歡猜書裡的主角是哪個星座的。譬如說，為了追逐香味而謀殺少女的調香師葛奴乙這個人，會是什麼星座的？

會不會是守護神是地獄之王普爾德的天蠍座？

喜歡掌控一切的獅子座？

還是出人意表地，竟是戀家的巨蟹？

喜喜從書裡抬起眼睛溜了一眼周圍，心裡覺得納悶，她好像一整天都沒發現林克。

六點二十分，她走路回去旅館。

旅館大廳中央豎起了一棵瘦巴巴的聖誕樹，上面綴滿一個個閃亮的小燈泡。

她在樹旁走過，搭電梯上三樓。

出了電梯，她停在三〇三號房的門前，掏出一把鑰匙開門。

她開門走進漆黑的房間，覺得腳下好像踢到一樣東西。她伸手在門邊的牆上摸索著，燈亮了起來。她低頭一看，一個白色的信封就在她腳邊。

她放下手裡的東西，關上門後撿起那個信封。

她把信封翻過來看。

那上面用藍色原子筆寫著：『路喜喜小姐』。

她好奇地摸了摸那個信封，裡面裝的似乎是照片。她走到床邊，把信封口撕開，伸手進去。

裡面沒有信，有幾張照片露了出來。

她取出照片。

第一張是馬林在街上親暱地牽著一個女人的手。那個女人約莫三十歲，長得不錯，穿著一襲寬鬆的裙子，肚子凸了出來，至少也有五到六個月的身孕。

第二張是馬林跟同一個有身孕的女人，兩個人中間坐著一個三四歲的小男孩，那男孩長得簡直就像是跟馬林同一個模子倒出來的。三個人正在吃飯，女人餵孩子吃東西。

第三張是在屋外偷拍的。同一個女人，站在窗前，臉露幸福的微笑。馬林從背後摟著她，雙手放在她圓鼓鼓的肚子上，女人的一雙手握著馬林的手。

三張照片裡，那個孕婦右手的手腕上都戴著一串綴滿星星的銀手鍊。這串手鍊是馬林第一天來首飾店時，喜喜替他挑給他口中那個三歲時死去的妹妹的。

最後一張照片，是馬林在他那輛黑色跑車前座，跟一個女孩子親熱。喜喜認得，那個女孩是他們的歌迷。

這些照片全都是最近拍的。

她跌坐在床緣，一張臉痛苦地扭曲成一團。憤怒和悔恨在她胸中有如巨浪般急促起伏，她感到雙腳一陣痙攣，使得鞋頭上的玫瑰也在抖顫。

她咬著嘴唇，鼻翼翕動。

原來，她正在拚命用鼻子呼吸。

這時，一串輕快的鈴聲響起，是她的手機。她乏力地伸手到後面把丟在床尾的包包拉過來，掏出手機。

『喜喜，我到了，你還不下來？』

她站起來，離開床，走到窗邊，看到馬林那輛黑色跑車停在下面。

她應了一聲，掛掉電話。

五分鐘之後，她從旅館出來。

馬林坐在車裡，一雙手擱在方向盤上，眼望前方，輕搖著腦袋。

他在聽音樂，沒看見她。

喜喜直直地走上去。馬林看到她了，朝她笑。

但她沒上車。

她繞到馬林那邊，從風衣的口袋裡掏出那四張照片，夾在擋風玻璃跟雨刷之間。

她沒回看馬林一眼。

交通燈號誌剛剛轉成綠色，車流開始移動，她衝過馬路，後面的車子不停向她大聲響號。

她大步沿著人行道走，經過一列繽紛的商店櫥窗。

馬林追了上來，生氣地問道：

『你找私家偵探跟蹤我？』

她終於看了他一眼，一臉悲傷。

真好笑！她找私家偵探跟蹤的是她自己。

她繼續往前走，眼裡滾動著憤怒的淚水。

馬林抓住她一條手臂，柔聲說：

『喜喜，我們上車再說。』

她拽開他。

他糾纏著不放手。

她冷冷地說：

『你根本就沒有妹妹，對吧？』

馬林沒回答，想要拉她走。

『走吧！我們上車！』

『放手！』她使勁甩開他。

這時，不知道哪裡走出來一個聖誕老人裝扮的胖子，橫在他們中間，一個勁地攬住馬林。

『先生，聖誕快樂！』

喜喜撇開馬林，頭也不回地往前走。

『你幹嘛！你放開我！喜喜！』

『耶穌愛你！』

『愛你老子！』

她愈走愈遠。高樓大廈外牆的聖誕燈飾紛紛亮了起來，一波波的人潮在她身邊推擠著。她雙手插在身上風衣的兩個口袋裡，垂首走路。

要是哥哥在，一定不會放過任何一個欺負她的人。假使有人欺負她，她會跟那人說：

『哼！你去跟我哥哥說！』

街上沸騰著人聲、車聲、笑聲。有人向她問路，她隨手指向身後。一個乞婦向她討錢，她沒看見。有幾個拎著購物袋的人不小心撞倒她，跟她說對不起。她沒理會，因為她在哭。

人聲、車聲、笑聲都遠去了。她走過無人的昏暗長街，聽到歌聲和琴聲。她抬頭，看到一座尚未關門的教堂，裡面亮著溫柔的燈火。她踏上幾級台階，走了進去。

這時已經十點半鐘。她在一排長椅上坐下來。教堂裡還有二十幾個人。點著蠟燭的祭壇那兒，十來個披著雪白袍子的詩班成員正在練習聖誕詩歌，伴奏的漂亮修女那雙手在黑白琴鍵上翻飛徘徊。

通往祭壇的走道上，一個高個子的年輕男孩把聖誕的裝飾彩帶掛到天花板去，另外幾個男孩和女孩在下面扶著梯子，仰頭看他，低聲指指點點。

一個手裡握著念珠的老婦跪在一排椅子前面喃喃祈禱。

喜喜抬眼望著教堂前方的聖母憐子像。聖母低垂著慈愛的眼睛，望著懷中的嬰兒。嬰兒頭上有一圈光暈，眼睛睜得大大的，透露著亙古的寂寥。

那雙新買的絹面紅鞋把她腳跟的皮都磨破了，正在淌血。喜喜把鞋子從腳上脫下來，擱在腳邊。

她淚眼模糊地讀著一本經書。

後來，她把經書放回去前面的椅背上，起身走出走道。

她看到林克在後面的一排椅子，靠近路口坐著。

他身穿那件藍夾克，手指相扣，閉上眼睛低頭祈禱。

她走過他身邊時，瞥見他腳上穿的是一雙聖誕老人的黑色圓頭膠靴子。

出了教堂，她往右走。

她就知道今天是誰把那個信封塞進她的門縫裡。

林克以為自己是誰啊？她有叫他這麼做嗎？他幹嘛要多管閒事？難道他真的以為她那麼笨，永遠不會發現馬林的秘密？他分明是嘲笑她有眼無珠。他看不起她愛的人。

她心中惱火，好想衝上去狠狠揍他一頓。

她彎過拐角時，陡然煞住腳步，掉轉頭往回走。

林克果然冷不防她在這裡掉頭，他差一點就避不開。就在這時，他突然轉右，那兒剛好有一幢幾層高的小公寓，他手插褲袋，泰然自若地走進去。

她走過時，看到他背對著她，裝作一個歸來的住客，摸出一把鑰匙，準備開門。

她本來可以走上去，等著看他打不開門的窘態。可是，她突然又不恨他了。

她若無其事，繼續往燈亮的地方走。

她回去教堂，找到她忘在那兒的那雙紅鞋。

她拎著鞋，光著腳走出教堂。

這時，她抬眼看到教堂旁邊立著一幢不起眼的小旅館，門口沒有聖誕裝飾。她幾乎錯過了。

當天晚上，她拎著高跟鞋住進這家荷西旅館四一二號房。

她進了房間，連門都沒鎖，除下身上的風衣，脫掉胸罩，縮在床上，爬進夢鄉。

第二天早上，教堂的六下鐘聲把她從夢裡喚醒。

她回去蘭花旅館，把東西打包搬過來。

房間裡沒有掛畫，也沒有掛鉤，那張『星夜』就挨在床頭櫃的一盞小罩燈旁邊。

她染回黑髮，一張臉看來蒼白哀傷。

隨後，她坐到床邊讀報紙上的占星欄。

她無意中看到一段新聞。

聖誕奇聞，

酒廊歌手遭身分不明聖誕老人當街襲擊，

疑人事後逃去無蹤，僅遺下假肚子一個。

歌手輕傷，拒絕追究。

她笑了，不過，不是快樂的笑。

她笑著掉眼淚。

今天是聖誕前夕。

午夜時分，教堂敲響了十二下鐘聲，她在附近的小酒館幹掉了半瓶桃子味伏特加。

她付了錢離開，走路回旅館。

她醉夢昏昏走在空蕩蕩的路上。走了一半，她覺得累，坐到路邊的石階上。

林克在她面前走過時，她說：

『你別再跟著我。』

林克整個人幾乎定住了。

這時，喜喜彎下身去，抱起了腳邊的一條小黃狗。她從酒館出來之後，牠一直可憐兮兮地跟著她。牠鼻子上有一塊傷疤，看來是沒有主人的。

林克繼續往前走。

喜喜站起身，抱起那條狗兒，走在林克後頭。

路上只有他們兩個人，街燈下，他長長的影子落在她前方。

她把那條小狗從教堂半掩的圓拱大門放進去，裡面亮著燈。

她走下台階，悠揚的聖誕詩歌在她背後迴盪。

她一直想遛一隻貓。

別人以為她愛貓不愛狗。其實，她覺得狗是她的朋友，會忠心耿耿地跟她遊走天涯，不需要用一根繩子去遛。

一個人不會遛自己的朋友吧？

她搖搖晃晃地走在一盞昏黃的街燈下，回去旅館。

但是，她想到，一個人還是可以遛自己的影子，或是別人的。

就像今天和過去無數個孤寂的夜晚，她遛林克的影子，林克也遛她的。

第四章 歸途

愛情是一百年的孤寂。

直到遇上那個 矢志不渝 守護著你的人……

1

除夕那天，喜喜在書店買了格雷安．葛林的《愛情的盡頭》。

她反覆讀了幾遍，沉緬於哀傷之中。

有時候，她在旅館的床上一躺就是幾小時。她很少出去了，也不打理自己，看上去有點邋遢。

隔壁教堂的鐘聲已經不再那麼容易在早上把她吵醒，因為她總是在前一晚喝酒喝得太多。

她的漫長夜晚是在酒館裡用桃子味伏特加來度過的，林克用的是《數獨》。

她愈迷糊，他彷彿就愈清醒。

教堂收養了那條小黃狗。

牠一天一天的長大，已經不小了。

她有時會過去看看牠，牠經常在教堂後花園的那尊聖母雕像下面抬起頭，神聖地散步。

但是，牠已經不認得喜喜了。

幾個月來，這幢教堂總共舉行過十二場婚禮和四場追思彌撒。她從旅館的窗子看見過幾個穿白色婚紗的新娘和穿黑紗的寡婦。

夜裡，她也從這個窗子偷看過林克歸去的身影。

有天晚上，她看到林克隔著教堂花園的圍籬跟那條黃狗喃喃說著話。他餵牠吃東西。黃狗看來挺喜歡他。

她看著卻覺得妒忌。那條狗兒明明是『屬於』她的呀！

可是，到後來，她又沒那麼妒忌了。看到林克跟那條狗說話的時候。她會想像他們的對話。她認定林克至少有一回是這麼跟狗兒說的：

『那天我幾乎給她嚇死了，原來，她是叫你別跟著她！』

2

到了三月十九日那天，她從宿醉中醒來，已經是傍晚了。

她打開電腦，用哥哥的電子信箱電郵了一張會唱歌的生日卡給自己。卡片上面用粉紅字寫道：

喜喜：

生日快樂！

你又長大一歲了，

祝你所有願望都能成真。

永遠愛你的哥哥

她穿上一襲白色裙子和紅鞋，離開房間，搭電梯到樓下。

那個有兩隻皺褶下垂的眼睛和一張長臉，看來像英國獵犬的門房向她問好。這個人總是用奇怪的目光看她。

她今年買給自己的一雙長襪是深綠色的。

今天的占星欄寫道：

這個月是你的幸運月，
讓你有機會重新思考事情，
拋開過去，
想想自己的優點吧！
別再沉溺在自憐之中。

她在夜晚去了海灘。

海水沉默無語。

天上沒有星，只有一輪冷冽的月光。

林克坐在海邊的一塊大石上，手裡握著一根魚竿，悠閒地釣魚。他旁邊放著一個塑膠水桶，他把上鈎的魚兒丟進水桶裡去。

喜喜脫掉腳上的鞋子，一步一步走進冰涼的海水裡。

她衣衫盡濕，海水浸泡到她胸前。

她潛入水底，沿著岸邊游了一圈，浮出水面，回到岸上。

那塊大石上，只留下一根魚竿和翻倒在一旁的水桶。

她收回目光時，看到林克在她面前跑過。

他在跑步！

他連魚竿和上鈎的魚都不要了，從那塊大石滾到海灘上跑步。

他以為她想自殺嗎？

她淒涼地笑了。

她只是順著星座的指引，想要拋開過去，重新思考事情。

她想起她愛過的一些人，但她不記得她遛過他們的影子。她回憶起鄭魯和馬林時，對他們的印象已經有點模糊了，還有那幾個金牛、山羊、水瓶和雙子……

她只是為自己難過。

林克在海灘的一頭跑到另一頭，又往回跑。

這是個荒謬的夜晚。她突然發現，他是她僱來遛自己的影子的。

那麼，到底是他遛她的時候多，還是她遛他的時候多？

我們在月下遛著別人孤獨的影子。

多年來，他成了唯一跟她形影相隨的人。

她把鞋子穿回腳上。

這天晚上，為了慶祝生日，她幹掉了一瓶桃子味伏特加。

3

兩個月過去了。六十篇占星欄，乘以這個倍數的伏特加。

她沉溺在自己的沉溺裡，日子何等的漫長。

她收到的跟蹤報告，都是她來回旅館和酒館的路上。

她總是試著走得優雅，因為她知道有一個鏡頭永遠在某處守候著她。

但是，她沒法每一次都做得到，尤其是酒醉的時候。

不過，林克每一次都拍到一個比較好看的她。

其中一張照片是白天拍的，她在教堂外面猛然回首，雙眼茫然地望著鏡頭。

她不是在看林克。

那天她是在看什麼呀？

是什麼讓她把臉轉過去的？

她努力地回想。

是那條黃狗朝她吠叫嗎？

還是教堂在她走過時剛剛敲響了鐘聲？

她酒喝太多，記不起來了。

她默默地望著林克鏡頭下茫然回首的她。她臉上的髮絲紛亂，一雙夢幻的大眼睛看向相機，他把那一刻捕捉下來了。

她在相片裡看到了愛。

但是，那天她回過頭去之後做了什麼？她應該是繼續走她的路。

後來的一天夜晚，她在夢中聽到轟然一聲的巨響。她從旅館的床上驚醒過來，以為是個噩夢。隨後，她聽到玻璃碎裂的聲音，警車由遠而近的警鳴聲，沸騰的人聲和愈來愈多的腳步聲。

她終於亮起了床頭的一盞燈，走下床，拉開門，從門縫探頭出去走廊看看。

她看到一群神色凝重的警察和幾個身穿睡衣、被嚇壞了的住客，這些人把走廊盡頭的一個房間堵住了。

過了一會，她看到兩個警察押著一個穿西裝，沒結領帶的肥胖男人從那個房間裡走出來。

那個男人垂頭喪氣地經過她面前，看上去約莫四十歲，一身酒氣。

那個有一張獵犬臉的門房走來跟她一個人說，那個人是警探，開槍自殺，不過沒轟中自己，倒是轟碎了房間裡的一盞燈。

喜喜聽完，關上門。她漠不關心，溜回床上，醉醺醺的裹在被窩裡，又睡著了。

第二天夜晚，她下樓去買報紙時，讀到那段新聞。

一個債台高築的失意警探昨晚在荷西旅館四樓租了一個房間，準備開槍轟自己的腦袋。最後一刻，他下不了手，槍口挪開了些，結果轟碎了天花板的一盞吊燈。

她丟掉報紙，到酒館去喝她今天的桃子味伏特加。

她選了最孤立的一張桌子坐下來，林克坐在馬蹄形吧台那兒，低頭做著《數獨》。

昨天出事時他也在旅館附近嗎？

當她喝到第五杯伏特加的時候，酒吧已經擠滿了人，酒客們擋住了她的視線，她看不見吧台那邊。

一個穿西裝的大塊頭走過來跟她搭訕。

他喝的是純味伏特加。

他挪開椅子，坐到她面前。

他看上去跟昨天那個沒死的警探差不多年紀。

他開口問道：

『桃子味真的比較好喝嗎？我看你喝了許多杯。』

喜喜拿起酒杯長長啜了一口酒，說：

『有了桃子就甜啊！』

大塊頭望著自己那杯酒：

『那就奇怪了！喝伏特加不是要喝它的苦嗎？』

『有時你會嫌它太苦呀。』

他說：

『你看來有心事。』

『心事誰沒有啊！』

『漂亮的女人心事特別多。』他賣口乖。

喜喜由得他說下去。

『有沒有人告訴你，你的眼睛很亮？』

『是嗎？』她微微一笑，把酒喝光。

『亮得像星星。』大塊頭說。

她朝一個侍者招手，想再要一杯。那人沒看到她，一直在忙。

『我去替你拿好了，還是要桃子味嗎？』

她醉醺醺地點頭，看著他起身到吧台走去。

他回來的時候，手裡拿著一杯純味伏特加和一杯桃子味的。

『跟酒談心最好了。』大塊頭說。『酒能守秘密。』

她啜飲著杯裡的酒說：

『我有什麼都跟我哥說。哥哥是汪洋大盜……』她掩著嘴巴笑了起來。『我在說什麼呀！我想說，他是汪洋大海，不管我有多少心事，都可以傾進去……』

她說著說著，覺得她好像看到大塊頭有兩張臉，酒吧裡每個人都有兩張臉。

她再喝一口酒，試圖清醒，卻更模糊。

她看到大塊頭那兩張臉朝她笑，他扶她起來。

『我們去哪裡呀？』她笑著問。

『上我的車，我們去一個很好玩的地方。』

『林克呢？』她喃喃說。

她看不見吧台那邊。

大塊頭迅速摟住她走出酒館。

他的車就停在外面。他打開車門，把她推了上車。

她跌坐在車頭，一隻腳騰空了懸在車外，手抓住車門想出來。

『沒有林克，我哪都不去。我要回家。』她手指指向前面的荷西旅館，從皮包裡掏出一把鑰匙晃了晃。『我就住那兒，我不用坐車。』

『那更方便了！但我們還是得開車過去。』大塊頭硬把她那隻腳抬起來塞進車裡，摔上車門。

她覺得頭好昏。他是不是在她那杯酒裡下了藥啊？這個混蛋！

但她無力掙扎。

她想下車，車子飛也似的往前衝，離開了酒館門口。

這時，她看到林克從酒館裡追出來，拚命想追上她。

可是，太遲了。

4

大塊頭把車拐進荷西旅館旁邊停下。

他摟著喜喜下車，手裡拿著她的門匙。

她身不由己地跟他走。

他們搭電梯上了四樓。

他用鑰匙進了房間，摔上門，把她扔到床邊去。

他脫掉西裝，解開皮帶扣，露出一口白牙，笑著說：

『我會很溫柔的！包你爽死！』

他脫剩褲子，走過去扯住她的頭髮，把她拉到床頭，壓在她身上。她用手推開他，他抓住她兩個骨碌碌的手腕，她手腕上那只橄欖石手鐲斷成兩截。她用腳踢他，沒踢到。

『哥哥！救我！』她喃喃說。

房間的門這時突然從外面打開來。大塊頭轉身看向後面。

喜喜看到有兩張臉的林克衝進來，看到守住門口的獵犬臉門房那張臉變得好長好長。

林克把那個大塊頭從她身上扯下來，朝他的臉轟了一拳，然後又一拳。

她聽到打架的聲音和倒地的聲音。

她看到一個人躺在地上給另一個人拖了出去。

房間裡的一切又回復平靜。

她好像看到林克蹲在她床前，握著她的一雙手，問她：

『你怎麼了？』

『哥哥，你為什麼現在才來啊？我想睡覺了。』她閉上眼睛低聲回答，轉過頭去，摟住一條被子，臉埋枕頭裡，沉沉地睡著了。

她一直睡到第二天下午。

她醒來時，隱隱約約地聽到隔壁教堂敲響了黃昏鐘。

她頭痛欲裂，爬起身，用一杯水吞了四顆頭痛藥，又回到床上去，靠著床背坐著。

夕陽從窗縫細細地流進來，她身上依然穿著昨夜那身衣服，手腕上佈滿瘀青和抓痕。房間裡的一切平靜如故。那張『星夜』依然挨在床邊的矮櫃上。那條斷成兩截的橄欖石手鐲躺在『星夜』前面，十二顆橄欖石完好無缺。

她心中一陣酸楚和羞恥的感覺，嘴角皺縮著，哭了。先是啜泣，終於放聲大哭。

她哭著拉開床邊的抽屜，找到一把剪刀。

她手裡握著剪刀，赤腳從床的另一邊下床，走進浴室，對著鏡子梳她糾結的長髮，然後剪到齊肩。碎髮如雨絲般紛紛飄落她臉龐上。

剪完頭髮，她踏進浴缸裡，扭開蓮蓬頭，把自己從頭到腳洗一遍。

要嘛死了算，要嘛就好好活下去。

何況，她很有錢啊！她銀行戶頭裡還有養母留給她的一大筆遺產。

她洗了很久很久，像魚兒回到大海裡似的。

她開始快樂地唱起歌來。

洗完澡，她用一條大浴巾抹乾頭髮，又用那條浴巾裹著身體。
踏出浴缸時，她看上去像二十四歲。
她甩甩頭髮上的水珠，坐到床邊，打開電腦。

喜喜：

你近來好嗎？

我很好。

哥哥不在身邊的時候，

你要好好照顧自己啊！

雖然外表看起來不像，但我知道你是個堅強的好女孩。

哥哥永遠都會以你為榮。

你是我的驕傲。

愛你的哥哥

她寫好了信，把信從哥哥的電子郵箱寄到自己的郵箱。

收到信後，她又讀了一遍。

六點二十分，她修好了那只橄欖石手鐲，重新戴到手腕上。隨後，她把頭髮吹乾，穿好衣服離開房間，搭電梯到樓下。

她在大廳見到那個獵犬臉門房。

她朝他微笑。

他看到她的改變時，略顯驚訝，但是儘量不表現出來。他的獵犬臉是他最好的掩護，不容易看出表情。

喜喜終於明白，林克收買了這個門房。警探開槍的那個夜晚，林克也在她附近。

她走出旅館。

經過教堂時，她看到那條黃狗在後花園的聖母雕像下面沉思默想。

她朝黃狗笑，覺得黃狗好像也對她笑。

她在便利店買了報紙，讀她今天這篇遲來的占星欄。

上面寫道：

雙魚座的人往往擁有哲學家的思想，
能在困境中找到出路。
覺悟是你今天的主題。
魚兒，善用新的一天吧！

她在百貨公司買了幾件新衣服。
走出百貨公司時，飄雨了。
她想起現在是梅雨季節。
她穿上新買的草綠色雨衣，瀟瀟灑灑地走在大街上。
她在一家擠滿客人的西班牙餐館找到一個位子，坐下來吃了墨魚、油浸鱔苗、火腿、炒蘑菇和一大盤海鮮飯。
她向侍者招手要帳單時，一個年紀很小的女侍走過來跟她說：
『小姐，剛剛有一位先生已經替你付帳了。』
她狐疑地看了一眼四周，沒看到什麼人正在看她。

『他人呢？』她問道。

『那位先生已經走了。』女侍回答。

『他長什麼樣子？』

『那位先生喔？他有六十幾歲，白頭髮，矮矮胖胖的……』

『他有沒有留下姓名？』

『沒有喔。他付現鈔的。』

她有點納悶地站起身，拎著東西從西班牙餐館出來。

她在餐館裡根本沒見到什麼老頭。她知道那個女侍對她撒謊。是有人教她撒謊的。

雨停了。

她帶著微笑，大步走路回去。

5

第二天，喜喜把剪短了的頭髮染成褐色，她的一張臉看起來有點蒼白。

隨後的日子，她每天都離開旅館去散步，吸收陽光和新鮮的空氣，臉上的蒼白漸漸褪盡。

每次在樓下大廳見到那個獵犬臉門房時，她表現得不冷也不熱，免得對方懷疑她什麼都知道了。

她又開始做首飾。她做了一套十二個星座的墜子。

一天，她約了碧碧喝下午茶。

碧碧比她大兩歲，是她以前那個小舞團的經理。小舞團解散之後，碧碧轉到藝廊工作，她認識很多行內人，一直有介紹喜喜去參加選角。

碧碧拎著一個提包走進咖啡館來，一看到喜喜就說：

『很久沒你的消息了！你失蹤了啊？』

『沒有啦！我哥哥在德國工作，我去跟他住了幾個月。』

碧碧點了一杯牛奶咖啡，問道：

『西門慶跟潘金蓮真的是天蠍男配金牛女嗎？《水滸傳》裡面有這麼寫嗎？』

喜喜把口裡的咖啡吞下去：

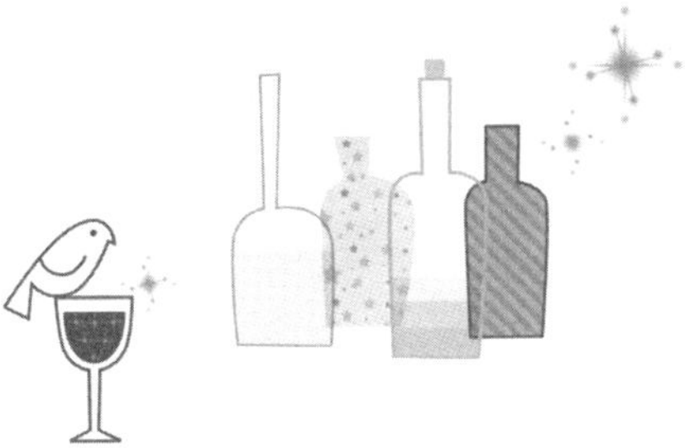

『你說什麼？』

『你上次說的！你說天蠍跟金牛注定有性沒愛。』

喜喜想起來了。那天，碧碧要她把哥哥介紹給她，她只好胡扯一番。

『喔！是占星家根據野史推算出來的。』

『我最近認識了一個天蠍男呢。』碧碧自顧自說下去。『我把這事告訴他。他說，他才不是西門慶！』

碧碧說完，咯咯地笑了起來。

『我有禮物送你。』喜喜從包包裡掏出一個黑色絲絨布袋，把裡面的一雙仿祖母綠耳墜倒在掌心裡。

『送你的，祖母綠是金牛的守護寶石。』

『噢！好漂亮！是你做的嗎？』

碧碧把耳墜釘到耳垂上，問喜喜：

『我好看嗎？』

喜喜笑著點頭。

『你應該去當珠寶設計師啊。你有天份。』碧碧說。

『我喜歡跳舞啊。什麼時候有選角你找我吧。』

『你多久沒跳舞了？』碧碧突然問她。

喜喜啞了。

在夜總會裡跳的那些不算數啊。

她的舞都荒廢很久了。

『我待會去跳舞，那個老師很好，你要不要來？』碧碧問道。

於是，她跟著碧碧去學佛蘭明哥舞。

那個女老師是從西班牙來的，只會在香港停留半年。喜喜在那個鋪上木地板的教室裡跳得汗流浹背。

不跳舞的日子，她到海灘去。

她穿著比基尼游泳衣在海裡潛泳，躺在太陽傘下面讀書。她讀了娥蘇拉・勒瑰恩的《地海孤雛》，褚威格的《夜色朦朧》和徐林克的《我願意為你朗讀》。

徐林克跟林克只差一個字，但那是從德文譯過來的。

到了夜晚，她用一杯桃子味伏特加獎勵自己。

喜喜：

你真是個讓人意想不到的女孩子！

我的好妹妹，看來我不用再擔心你了。

愛你的哥哥

這封信，喜喜看了兩遍，才從哥哥的郵箱電郵給自己。

那個月底的跟蹤報告，有幾張照片是她穿著比基尼走在海灘上的。

她在照片中是個快樂的女孩，享受著年輕的光陰。

6

十一月的一天，喜喜終於有一個參加選角的機會。

她一大清早把舞衣和舞鞋塞進大如郵袋的包包裡，搭電梯下樓。

她心情愉快，朝那個獵犬臉門房嫣然一笑。門房有點受寵若驚。他似乎想以笑回應，不過，他臉那麼長，嘴巴又小，等到他兩邊嘴角向上延伸，露出靦腆的微笑來，也許要等上好幾秒鐘。

喜喜等不及了。她焦急想看看今天的占星欄怎麼說。

她在報攤買了報紙，邊走邊讀。

可是，這天的雙魚座占星沒有透露任何玄機，沒有『今天是你的幸運日！』或是『今天你會心想事成！』之類的打氣話。

她轉而讀巨蟹座。有時候，你身邊那個人就是你的一面鏡子，可以照出你的模樣來。

要是林克幸運，她也會幸運啊。

然而，巨蟹的占星並沒有『身邊的人今天會令你刮目相看，令你更欣賞他！』之類的說話。

她再讀下去，讀哥哥的天蠍座，卻又再失望一次。天蠍的星座占卜沒有『你的家人今天令你感到自豪！』這類說話。

她收起報紙，走過教堂門口時，又退了回去。

她把兩張百元鈔票投進教堂的捐獻箱裡，捐給窮人，也祈求好運。

她走下教堂外面的台階時，心中充滿了希望。

不過，這一次的選角，一下子就結束了。

這是一齣大型舞劇，會演出一年。她抵達劇院的時候，才發現高手雲集。許多來參加選角的舞蹈員都是十多二十歲的，比她年輕多了。

她在更衣室裡換上舞衣和舞鞋，戰戰兢兢地等在觀眾席上。前面幾排座位上坐著舞劇的導演、副導演和工作人員，每個人都帶著一張嚴肅的臉。他們要從超過一百個舞蹈員中挑出不足十個人。

舞蹈員零零散散地坐在劇院周圍聊天。

喜喜偷偷轉頭，瞧見林克。他頭戴鴨嘴帽，佔著最後排一個陰暗的角落，混在其他幾個來試鏡的男舞蹈員中間。

可是，林克沒機會看到她上台跳舞。

上午的選角結束，還沒輪到她。

下午的選角開始了沒多久，副導演就宣布，已經找到適合的人選，其他人可以離開。

喜喜根本沒機會上台。即使可以上台，她也知道輪不到自己。整個上午，她看到的都是身手不凡的年輕對手。她在觀眾席上看得膽戰心驚。

她卸下舞衣換回衣服，垂頭喪氣走出劇院。

午後的陽光明媚，她瞥見頭戴鴨舌帽的林克混在對街巴士站等車的人群裡。

喜喜越過馬路，直直地朝巴士站走去，嚇得林克馬上掉頭走進巴士站旁邊的一個公園。

他幹嘛躲開啊？她只是沮喪得很想要一個懷抱。

但她知道那是不可能的。

一輛巴士剛剛駛來，她搭上那輛巴士。

她隔著窗玻璃，瞄到林克從公園裡跑出來，悵然望著車子遠去。

當她回到旅館房間，從窗簾縫往下看的時候，林克早已經在樓下守護著。

他隔著教堂花園的圍籬，跟那條黃狗喃喃說著話。

她想像他是在說：

『我不知道怎樣安慰她。』

她離開窗，爬上床，打開電腦。

她的電腦裡有一張林克在這下面看上來的照片，是某天她用她的相機從房間的窗縫裡偷拍得來的。

她輕撫著電腦裡的他的那張俊臉，手指在屏幕上留下了一個個指印。

這就是她的懷抱。

哥哥看她時也是這樣的。

她住在養母家時，哥哥有時會來看她。

每一次，哥哥走的時候，她都會跑到爬滿紫色藤蔓的陽台上目送著他離去。

哥哥會看上來，揮手叫她回去。

7

漫長的兩年過去了。兩個生日，兩雙長襪，七百三十篇占星欄，二十次參加選角落選，還是三十次？

其中的一次選角，喜喜窺見了命運精靈悄然留下的足跡。

那天，選角結束之後，她到劇院旁邊的咖啡店買了一杯咖啡站著喝。一個女孩走進店裡，看到她時，朝她微笑，走過去跟她打招呼。

喜喜覺得女孩有點面熟。她看來也是參加完選角出來的，外套裡面的黑色緊身舞衣未脫。但是，剛剛劇院裡有一大票人，喜喜對她沒什麼印象。

『你是路喜喜嗎？很久沒見了！』穿舞衣的女孩熱情地說。

喜喜努力回想，女孩叫什麼名字來著？貝蒂？瑪麗？瓊安？

幸好，女孩很快就自己報上名來。

『我是小夏！我很久以前在那個解散了的小舞團待過一陣子，你不記得啦？』

喜喜好像有些頭緒，但女孩那張臉太普通了。

『那齣舞劇，你為什麼不演啊？』小夏又問。

喜喜聽得一頭霧水。

『哪一齣？』

『不就是「惡魔的花園」囉！』

她沒忘記，好多年前的那一天上午，她去了參加『惡魔的花園』裡其中一朵吃人花的選角。她沒什麼信心。下午的時候，她心情忐忑地回劇院後台去看告示板上張貼出來的入選名單。名單上沒有她的名字。

『他們沒要我啊。』喜喜說。

小夏笑了：

『唉！那一次，我本來也以為我落選了。名單上沒有我的名字。我就是不甘心，伸手摸摸那張名單是不是只有一頁，誰知道後面原來真的還有另一頁，我的名字在上面！你的名字這麼特別，我不會忘記。但你沒來啊……』

那張名單總共有兩頁嗎？

那天要不是落選了，她不會到撞球室去過夜，因此也不會知道戴德禮找過她。那麼，到了第二天，她不會在律師行見到林克。

戴德禮也許早晚會找到她，她還是會繼承養母的遺產，但是，她不會剛好在那天遇見林克。

要是沒有遇見林克，而是去演那齣舞劇，她的故事便是另一個版本了，一個她永遠不知道的版本。

命運的精靈引她走上另一條路。

她隔著咖啡店的落地窗看向外面，那個穿藍夾克的暗影在對街的商店外面徘徊。每一次她落選，他都陪她歸去。

她轉頭問那個叫小夏的女孩：

『你今天也落選了？』

小夏一臉尷尬地說：

『不。我來買杯咖啡就回去。今天馬上要開始彩排呢。』

小夏有點抱歉的轉身走到櫃台那邊買咖啡。

喜喜拿著咖啡走了出去，越過馬路，取道公園往東，幽幽地走在熱鬧的大街上。

她把空空的咖啡杯丟進垃圾桶裡去，在書店買了一本雨果的《鐘樓怪人》。

十一月的晚風吹起了，林克在她身後的某處遛著她失意的影子。

她到底比較喜歡命運的哪一個版本？

8

為了揮去那股惆悵，為了揮去心裡的失落，她在書店買了一本米蘭．昆德拉的《不朽》。

書裡其中一段讓她深深著迷。

占星術似乎教我們要相信宿命──你無法逃脫你的命運！但是在我看來，占星術（請把占星理解為生命的隱喻）說的是更細緻的東西：你無法逃脫你生命的主題！（註）

生命的主題！

要是她仍舊選擇那一天走上戴德禮的律師行，卻是早一步，或是遲一步，她和林克就永永遠遠不會相見。但她偏偏在她的命盤上跨出了那決定性的一步；或者說，她偏偏在那一刻停下了腳步，轉身看向他。

於是，經過了這麼多年，她那天回眸時看到的身影，始終守候在她百米之外。

這是她星座的命盤！

十二月初的一天，命運的頑皮精靈又再一次踮高腳尖在她身邊掠過。

那天，她在一間舞蹈室參加選角。

她落選了。

她收拾東西，離開排舞室，走在冬日斜陽裡。一個高個兒的男人緊隨其後，從舞蹈室出來。他有三十來歲，一頭略呈波浪的天然柔軟鬈髮，夾雜著些許白髮，一張臉輪廓分明，鼻梁上架著一副無框眼鏡，肩上掛著一個背包，看來像藝術家。

他帶著微笑，直率的問喜喜：

『落選了喔？』

喜喜剛剛在舞蹈室裡見過他，但沒見到他跳舞，不知道他是不是比她早到，已經跳完了。

她聳聳肩，問他說：

『你也是？』

他臉露尷尬的神情：

『我不是舞蹈員。我是拍電影的。我想拍一個舞蹈員的故事，那位編舞家是我的朋友，讓我來看看選角的情況。』

她應了一聲，繼續往前走。

他趕上她，說：

『你願意跟我談一談嗎？我正在搜集資料。』

喜喜答道：

『你該去找剛剛那些入選的舞蹈員啊。』

他托了托鼻梁上的眼鏡：

『我想拍一個失意舞蹈員的故事……』

她瞥了他一眼，不知道好氣還是好笑。

終於，她說：

『你這人頂坦白。』

對方笑笑：

『這個算是我的優點。』

喜喜繼續往前走：

『今天又不是只有我一個人落選，你去找其他人吧。』

『但你的舞姿很奇特。』

她瞧他看：

『奇特？這個我可以當作是讚美嗎？可是，要是你說一頭鵝走路奇特，鵝不會覺得你是在讚美牠。』

『你不是鵝。你像歌德風格的畫家畫裡的女人，小腹是微微鼓起的，仰望天空，頭俯向地面，眼睛望著塵土。』

他挑起了她的好奇心。她禁不住摸摸自己的小腹，原來她有個小肚子嗎？怪不得她每次參加選角都落選。

她對這個說她的小腹仰望天空的男人油然生出了一份好感。當他問她是否可以請她喝一杯咖啡時，她欣然答應。

兩個人去了幾步之外的一家小小的音樂咖啡館。

喜喜看到音樂咖啡館的角落放著一座自動機器。

那是一部像點唱機的機器，裡面旋轉著一個電燈泡。她從荷包裡找出一個五塊錢，投入那座機器，一張粉紅色的小卡片吐出來：『這是你的個性』。

喜喜唸道：

『你樂觀的性格感染身邊的人，經常為別人帶來歡笑。人生中美好和幸福的事情都有你的一份。但是愛熱鬧的你，有時難免缺乏深思熟慮。』

她望著那張小卡片皺眉：

『不準！不準呀！』

她轉頭問他：

『你要不要投幣試試看？』

他笑了：

『你不是說不準嗎？我不相信這種隨機的偶然。』

『那你相信什麼？』

『我相信自己的意志。』

他們在咖啡館裡從偶然談到意志，從意志談到命運，又從命運談到占星術和生命的主題，談得很投契。

他是列文，一個美籍華人，居於羅省，在美國拍小成本電影，來香港探望朋友。

他是天秤座。

天秤都愛美：美麗的人和美麗的東西。

他深深為她著迷。兩個人連當天的晚飯都在咖啡館裡吃。

『黃道十二宮圖的形狀，剛好就是一個時鐘的鐘面……』喜喜用指尖在木桌上畫了一個鐘面比劃著說道：『我們都在這個鐘面上。一個人出生的一刻，星球之間會形成獨特的位形，這個位形就是你一生永恆的主題……』

列文雖然不見得認同，還是饒有興味地聽她說。

後來，他離開一會上洗手間。

就在那短短的幾分鐘，她突然覺得空虛，渴望他快點回來。

愛情是從這一刻開始的。

她一直望著他將會回來的方向。幾分鐘之後，列文回來了，他邁著大步，朝她微笑。空虛的感覺一掃而空。

不過，這段戀情非常短暫，時針只是在她人生的鐘面上走了七個鐘。

七個鐘頭之後，列文要搭飛機回羅省去了。

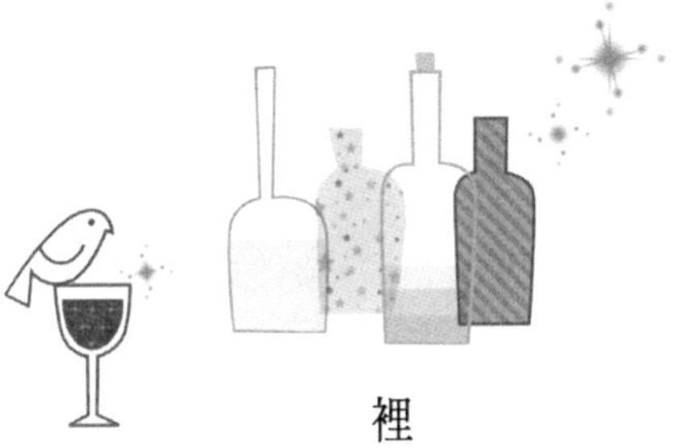

兩個人在咖啡館外面道別。列文答應會寫信給她。

七個鐘頭了，林克一直在咖啡館附近等著。她目送列文的計程車一路遠去時瞥見他在前方。

她朝那輛車子揮揮手。有兩個人同時向她揮手。

一個是坐在車廂裡的列文，他隔著車子的後窗回應她。

另一個是林克，她好像看到他在前方怯怯地對她揮手。

因為喝了太多咖啡，那個夜晚她睡不著，一度憧憬美國的生活。

隨後的三個月，列文的信從未間斷。

二月底的一天，喜喜收到列文寄來的一張往羅省的單程機票。

這時，她正在溫暖的旅館房間內。

她走到窗邊，從窗簾縫朝外望，看到林克在下面。他雙手插在褲子的兩個口袋裡，隔著教堂花園的圍籬喃喃跟那條黃狗說著話。

他身上藍夾克的衣領翻了起來，外面颳著二月冷冽的風，他哆嗦著。

她把那張機票退了回去。

9

三十歲生日的那天，她給自己買了一雙襪頭縫了蕾絲花邊的黑色長襪。

哥哥的生日卡也是這天電郵到她的郵箱。

喜喜：

你又大一歲了！

在哥哥的心中，你永遠年輕！

還記得那年的壽包子嗎？

下一年生日，

哥哥再做給你吃好嗎？

生日快樂。

愛你的哥哥

下午，她搭車去了哥哥以前工作的那家小餐館。

小餐館不見了，附近的商店也面目全非。他們在那兒蓋起了高樓大廈。

她繞著大廈走，以前那家小餐館的後巷如今變成了露天廣場。

她曾在這兒留下了時間永遠洗刷不掉的記憶。

十六歲離開孤兒院後，哥哥在這家小餐館當廚師學徒。那時候，她住在養母家。放學後，她常常來看哥哥。

哥哥會偷偷拿東西出來給她吃。兩個人坐在餐館後門的台階上聊天。

十一歲那年的生日，哥哥在這裡做了壽包子給她，每一個都像桃子般漂亮。

哥哥說：

『是師父教我做的。好吃嗎？』

她坐在台階上點頭，吃得滋滋有味。

『你師父對你好不好？』她問哥哥。

哥哥笑笑說：

『當然好！他說我有做菜的天份，他教我的特別多。』

『哥哥，你也吃！』

哥哥拿起一個包子塞進嘴裡。她看到他那雙手因為常常泡在水裡，變得紅腫龜裂。

『哥哥，我不想住在那個人家裡，我可以搬來跟你住嗎？』

『餐館宿舍裡住的全是男人，你一個女孩子怎能住這兒？』

『我們可以搬出去啊！你現在出來工作，不是有錢了嗎？』

『我的薪水哪裡夠我們兩個人生活？而且，你還要讀書呢。』

她噘著嘴：

『我實在沒法再忍受那個人多一天！』

為了跟哥哥一起，她常常誇大其詞，把養母說得很差勁。

『等我賺到錢，我再來接你走好嗎？』哥哥說。

一顆眼淚從她臉上掉了下來，她低聲說：

『那要等到哪一天啊？』

10

她的轉捩點也是三十歲這一年發生的。

九月的一天，她到劇場參加一次選角。那齣舞是講一個豔舞團的故事。

她在台上跳了一段獨舞，冒出一身汗。

她回到台下，用一條小毛巾抹去額上的汗水。

當她從導演和他那個助手身後走過時，他們沒看到她。她聽見那個男導演跟他的助手說：

『這個有點老了吧？我們要的是一群小舞女。』

事情就是在她猝不及防的時候，這麼殘酷地發生了。

她從劇院出來，打著傘在雨中徘徊。路上行人的傘好幾次粗魯地把她的傘撞開了，雨水濺到她臉上和頭髮上。

那天是她最後一次參加選角。

她以後再也沒有回去那座劇院或是任何一間舞蹈室了。

有一陣子，她加入了一家俱樂部。

那家俱樂部只招待女性。

她每天在俱樂部裡做三個鐘頭的運動，然後到蒸氣浴室裡把自己烤一烤，讓身上多餘的脂肪跟著汗水一起揮別。

一天，她赤裸裸的坐在蒸氣浴室裡，一條毛巾遮住私處。

另一個女人走了進來，跟她面對面坐著。女人有一對大胸脯，顏色深而大片的乳暈和圓滾滾的大腿，把毛巾鋪在蒸氣浴室的一排板條椅上之後，光溜溜地坐了下去。

女人看她看了很久，看得她開始有點不自在。

對方突然開口說：

『你是路小姐嗎？』

她不記得什麼時候見過這個女人。

『我是戴德禮的秘書茱迪。』

喜喜想起這張臉了。她好像只見過茱迪兩次，她兩次都有穿衣服。

茱迪主動說：

『我沒在戴德禮那兒上班了。』

喜喜露出好奇的神色。

茱迪抹了抹肚子上的汗水，好像有滿腹牢騷想要傾吐似的。

『我受不了長期當他其中一個情婦！』

喜喜吃了一驚。雖然有幾年沒見過戴德禮，只跟他用電郵和電話聯繫，但是，記憶中這個小精靈是那麼的小，像個老小孩……

茱迪好像猜到喜喜心裡在想什麼。她恨恨地說：

『你別看他這樣……他挺勇猛……』

喜喜忍住不笑。

茱迪又說：

『你小心他！我早就想跟你說了！他一直騙你的錢。那些帳單都是經我手電郵給你的。他收的錢比私家偵探社還要多，而且，所有的開支他都加大了數目。你別看他一副誠懇的模樣，他這人壞透了！你都沒懷疑過那些帳單嗎？那麼大的一筆錢！』

喜喜只關心一件事。

『林克知道嗎？我是說我僱他跟蹤我的事……』

茱迪抹了抹頸上的汗珠答道：

『他不知道，偵探社那邊也不知道，他們樂得有一個長期顧客。戴德禮雖然壞，倒是個守口如瓶的律師。陰沉又自私的人通常嘴巴都很緊的呀！這幾年，他生意愈做愈大，辦公室也愈搬愈大，但我連他一共有幾個銀行戶頭，一共有多少身家都不知道。我敢肯定，連他老婆也不知道！』

喜喜鬆了一口氣。她很少去注意戴德禮給她的那些帳單上的細節。她只知道，只要按時繳付那些帳單，她每天打開窗子的時候，便會看到那個穿藍夾克的形影。

他跟她哥哥看來是同年的，他們幾乎擁有一樣的孤獨眼神。

要是時光倒流，也許她當天不會僱林克跟蹤她，而是走上去認識他。

然而，過了那麼多年，已經回不去了。

茱迪說：

『你到底為什麼找人跟蹤自己呢？僱一個保鑣還比較划算啊？』

喜喜不想回答這個問題。

『這裡熱死了！』她拎著毛巾赤條條地站起來，好像是說：

『你都這樣看到我的身體了，還要看我的心嗎？』

她走出蒸氣浴室去淋浴。

淋完浴，她收拾東西悄悄溜走了，以後再沒有回去那家俱樂部。

11

十月的時候，喜喜逮到一個跟蹤者。

那個戴一頂拉得很低的白色鴨嘴帽，穿短夾克和牛仔褲的傢伙，幾乎是一開始就給她發覺了。

喜喜按兵不動，等了兩星期才出手。

她暗暗替那個身材瘦削的傢伙起了名字叫鴨嘴獸。鴨嘴獸每次出現都戴著耳機，手臂下夾著一份報紙來掩飾。

喜喜在旅館外面和酒館附近見過他。她在街上漫步時也看見他。有幾個夜晚，她在房間的窗簾縫往下看時，見到那顆戴著白色鴨嘴帽的腦袋在街燈下面輕搖著。

有一天，鴨嘴獸甚至大著膽子在她四樓房間外面的走廊出現。喜喜從門後面的孔眼看到他，鴨嘴獸好像想找出她住哪個房間。

喜喜想看看鴨嘴獸長什麼樣子。但鴨嘴獸的一張臉藏在帽子的暗影裡，她看不清楚。

後來，隔壁的住客回來，把他嚇跑了。

鴨嘴獸跟蹤她的時候跟得笨手笨腳，從來就不懂得留在安全的距離之外。林克比起他高明多了。

可是，喜喜不明白，林克為什麼不出手。

她只好自己來。

她不怕那傢伙。鴨嘴獸笨成那個樣子，也許從來就不知道，他跟蹤她時，還有另一個人在後頭。

那天晚上九點二十分，喜喜從旅館出來，假裝沒看到鴨嘴獸。

她沿著人行道往北走，引他走上一條僻靜的長街。

轉到一個拐角時，她躲在拐角的暗影裡，站著不動，在那兒等著鴨嘴獸自己走進籠子來。

鴨嘴獸果然上當。他走到拐角時還以為跟丟了喜喜，慌張地看了一下四周。這時，喜喜突然撲出來抓住他一條手臂，吼道：

『你是誰？』

鴨嘴獸嚇了一跳，想掙開來逃跑。喜喜不讓他跑，兩個人糾纏的時候，她把他頭上的鴨嘴帽扯了下來。

帽子下面的一把長髮披散了開來。

她做夢也沒想到鴨嘴獸竟然是個女的。

這個女鴨嘴獸看上去只有二十歲，一張有點蒼白的臉和一雙驚慌的大眼睛，身材瘦小。她剛剛抓住她那條瘦巴巴的手臂時就已經覺得奇怪。

『你幹嘛跟蹤我？』她沒放手。

她以為女鴨嘴獸會否認。

鴨嘴獸卻直直地說：

『我喜歡你……』

喜喜一時啞了，紅著臉放開那隻手。

怪不得林克一直不出手。他這時一定是躲在附近大笑呢！

鴨嘴獸沒逃跑，整了整歪到一邊的衣領，重新戴上帽子，把一頭長髮藏了進去，說：

『我那天在酒館外面見到你之後就一直跟著你，沒有任何目的……我以前從沒做過這種事。你不喜歡，我不跟就是了。』

喜喜把掉在地上的報紙撿起來還給鴨嘴獸，指了指對方甩在肩膀上的一邊耳塞，問她說：

『你聽的是什麼？』

鴨嘴獸把那個耳塞遞給她。

喜喜將耳塞湊到耳邊去聽。

原來，鴨嘴獸是在聽歌。她還曾經以為是什麼通訊器材。

『這歌好聽！』喜喜搖著頭說。

鴨嘴獸摸著扁扁的肚子朝她靦腆地笑。

喜喜問道：

『我剛剛是不是弄傷了你的肚子？』

『不……不是……我肚子餓……我等你等了一晚……』

『走吧！我們去吃飯！我請客！』喜喜說。

兩個人在一家印度館子吃了烤雞、咖哩蝦、咖哩魚、羊肉炒飯、馬鈴薯沙拉、印度麵包和冰淇淋。鴨嘴獸餓得好像可以吞下一頭牛。

鴨嘴獸也是一個雙魚座，還在唸書，逃學來跟蹤她。

又是一個只要做夢就能過活的雙魚座！

有那麼一刻，喜喜覺得好像從鴨嘴獸身上看到了自己。

她問鴨嘴獸：

『你跟蹤我的時候，心裡都在想什麼？』

鴨嘴獸用一隻小銀匙挖了一口冰淇淋，塞進她那個櫻桃小嘴裡，說道：

『就是覺得很幸福啊！雖然大部分時間都只可以看到你的背影。』

喜喜明白了，原來是這個感覺。

後來，她們在餐館外面道別。

喜喜微笑說：

『對不起，我還是喜歡男生。』

鴨嘴獸失望地噘噘嘴。

臨別的時候，她突然問喜喜：

『我可以摸摸你的頭髮嗎？一直跟在你後面的時候，我最想做的就是這件事。』

喜喜禁不住伸手摸摸自己的栗色長直髮。她羞澀地笑笑，點頭表示允許。

鴨嘴獸伸出一隻瘦骨嶙峋的手摸了摸她的頭頂，快樂地說：

『跟我想的一樣……』

『呃？』

『很厚，很柔軟……』

鴨嘴獸摸完，滿足地縮回她那隻手。

『再見啦！』喜喜說。

她雙手插在身上風衣的兩個口袋裡，沿著人行道走，越過一個十字路口。

幾部夜車在她身後駛過。

夜已闌珊。

她是不是已經老得只有女孩子才會愛上她啊？

這些年來，林克是不是也想過伸出手去摸摸她的頭髮？

前幾天，她在浴室照鏡時，無意中發現頭頂上長出了幾根白髮。

她驚駭憂愁了許久，想起以前負責管理孤兒院圖書館那個懶惰姑娘。那個姑娘常常拿著一面小鏡子，把頭上的白髮一根根拔掉。

喜喜動手將那幾根白髮塞進她的黑髮裡，自欺地把它們藏在底下看不見的地方。

但她以後再也不能不染頭髮了。

她想起她從來就沒有摸過林克的頭髮。要是可以，她想摸摸他頸背上那短短的、像胎兒毛似的髮腳。有時候，她從房間的窗簾縫看下去，他剛好背對著她，低垂著頭跟教堂那條黃狗說著話，或是逗牠玩，她看到的就是這個地方，軟綿綿的，看上去好可愛。假使能夠用手摸摸的話，她會覺得很幸福。

12

這一年的聖誕，喜喜買了一雙皮手套寄給哥哥。
她在郵包裡附上一張聖誕卡。

親愛的哥哥：
天氣冷啊！
你要多添衣服，小心保重。
我好想你。你什麼時候回來？

永遠愛你的喜喜

她在郵包上寫著：

芬蘭聖誕老人村

路明先生收

然後，她把郵包投進郵箱裡。

聖誕前夕，她去看了歌劇『孤星淚』。

聖誕那天，她中午離開旅館，帶著一束鬱金香到墓園去看養母。

她放下手裡的花，坐在墳頭讀托爾斯泰的《復活》，一直讀到夕陽西下。

夜晚，她在酒館裡幹掉了三杯桃子味伏特加。林克在吧台那邊喝白蘭地，做《數獨》。

這天的占星欄寫道：

節日的氣氛熱鬧，
這是個與親人和朋友歡聚的日子，
你卻倍感孤單。

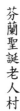

十一歲那年的聖誕，她去餐館找哥哥，她在後巷裡等著。哥哥偷偷拿了雞腿和排骨出來給她。

她坐在後門的台階上，沒胃口地吃著，又再一次催促哥哥：

『你什麼時候才接我走啊？你知道嗎？那個人成天恐嚇說她不要我了！她要把我送回去孤兒院！我死也不要回去！』

她說著說著嗚嗚地哭了。

哥哥默言無話，雙手絞在一起。

哥哥是愛她的，終有一天會回來接她。

她年紀愈大，愈是這麼相信。

13

寄給哥哥的那個郵包在第二年的聖誕退了回來。

天殺的！

一年後才退回來？他們把她的郵包送去環遊世界麼？

她在旅館房間的床上拆開郵包。

那雙送給哥哥的皮手套和附在郵包裡的聖誕卡安然無恙。

她在『永遠愛你的喜喜』後面，加上了兩行字。

又一年的聖誕了，

哥哥，永遠想你。

她在郵包上面又清清楚楚地寫著：

北緯六十六度三十三分，芬蘭羅瓦涅米聖誕老人村

路明先生收

她把郵包投進郵箱裡，沒寫回郵地址。

然而，即使她寫上了回郵地址，也是退不回來的。因為，她住的荷西旅館在聖

誕夜起火了。

那天晚上十二點鐘，她在酒館裡一杯續一杯，總共幹掉了七杯桃子味伏特加。林克幹掉了四杯白蘭地。孤獨的日子過得太久了，她發覺酒是她最好的朋友。

她離開酒館，一路搖晃地回去。教堂裡亮著燈，在她經過時盪來悠揚的聖誕詩歌。

那條黃狗趴坐在教堂外面的台階上。牠認得她，朝她搖尾巴，卻又不失莊重。

她回到旅館房間，衣服沒脫，醉醺醺的倒在床上。

午夜三點鐘，隔壁房間起火的時候，她昏睡在醉鄉裡，渾然不知。直到濃煙一瞬間從門縫裡蔓延進她的房間，把她燻醒。

她張開眼睛，看到房間裡到處都是煙。她用手掩住嘴巴不停嗆咳，瑟縮在床頭哭泣，眼睛漸漸睜不開來。

哥哥，林克，占星欄，伏特加，『星夜』，再見了！

猝然之間，一個人撞開門衝進來，用一條濕毛巾蓋在她鼻子和嘴巴上，捲起被子把她裹著抱起來奔出走廊，穿過黑濛濛的濃煙，沿著樓梯拚命往下跑。她滿臉淚水，頭靠他的胸膛裡，雙手勾住他的脖子，摸到他頸背上軟綿綿的流著滾燙汗水的髮腳。

她臉露慘淡的微笑，抓住那個地方不放手。

她終於摸到他了，模模糊糊看到他那張被煙燻黑了的臉流露出焦急緊張的神情，好像害怕她會死。

她醒來的時候，發現自己躺在醫院病房的一張床上。

梵谷的『星夜』挨在床邊的白色矮櫃上，完好無缺。花瓶裡插著一束新鮮的紅玫瑰。她的粉紅迷彩行李箱和那個像郵袋般大的包包就擱在床邊。

她緩緩坐起身，拉開床邊的抽屜。她的手提電腦也在這兒，幸好她上了密碼，沒有人能夠打開來看到裡面的東西。

她咳嗽了幾聲，覺得喉嚨疼痛乾澀。

護士看到她，微笑說：

『路喜喜，你醒了啊？』

對方倒了一杯水給她，又給了她幾顆藥丸。

喜喜用水把藥吞了。

『你已經睡了兩天。醫生吩咐讓你睡。』護士說。

『這束花是誰送來的？』她沙啞著聲音問道。

『是個男的。』

『他長什麼樣子？』

『是個高個子，穿一件藍夾克，挺帥的。昨天早上你睡著的時候來過，今天早上又來過。我還以為是你哥哥或者男朋友呢。』

當天下午，喜喜帶著那束紅玫瑰、『星夜』和行李離開醫院，搭上一輛計程車。

她住進橡樹旅館五一一號房。門僮替她把行李拿到房間，她打賞他小費，跟他要了一只花瓶，把玫瑰插在花瓶裡，放到床邊。

她丟開牆上那張橡樹掛畫，把『星夜』掛上去，溜上床，不一會就倦倦地睡著了。

林克在第二天找到她。

14

她下午兩點鐘離開旅館時看到他，他坐在旅館大廳的一張沙發上，打開一份報紙遮住臉。那雙長腿交疊著擱在地上。

她假裝沒看見，邁著輕快的步子從他身旁走過。

她去買了做首飾的材料。

夜晚，她在附近的酒館喝桃子味伏特加。

酒館裡有一部古老的點唱機，她每晚都投幣點唱。

這段日子，總共有四個男人跟她搭訕，她沒理會他們。

她在橡樹旅館只住了短短的兩個月。

一天早上，她接到銀行職員打來的一通電話。

對方在那一頭說：

『路小姐，你有一張票子轉不過來，你今天之內可以把錢存進你的戶頭嗎？』

她說道：

『我戶頭裡有錢啊。』

『路小姐，我想你有點誤會了。目前你戶頭裡只有港幣五千二百一十元零七角。』

她怔住了。

她去了銀行，結果證明銀行沒錯，她的戶頭裡只剩下那個數目。

她想起戴德禮的秘書情婦茱迪告訴她，戴德禮一直在騙她的錢。

這個惡毒的小精靈！

但那是她自己甘心情願的。

這些年來，她度過了許多無所悔恨的時光。

她在第二天退了房，拎著行李搬到一家名字叫小巴黎的廉價旅館。

房間裡只有一張窄床和一個五斗櫃。

她把『星夜』掛在門背後的鉤子上，然後坐到床邊打電話給戴德禮。

『戴律師，我是路喜喜……』

『路小姐，找我有事嗎？』

『我沒錢了……』

對方沒說話。

喜喜繼續說：

『我的意思是，我付不起請私家偵探的錢了。』

他無情地試探：

『那是不是要林克停止跟蹤你？』

她好不容易才答道：

『是的。』

『那我明天通知私家偵探社。』他一副公事公辦的語氣。

『就這樣辦吧。』她低聲說。

掛線前，這個惡精靈假惺惺地說：

『路小姐，以後你有什麼需要的話，隨時找我。』

『我沒有其他需要了。』她掛斷電話。

這天晚上，她在附近那間嘈吵的酒館幹掉了半瓶桃子味伏特加，一直坐到打烊。

林克在吧台那邊喝白蘭地，做《數獨》。

她害怕以後再也見不到他了。

她一頭醺醺醉意地走路回去旅館。

凌晨四點鐘，無人的漫漫長街上，她知道林克走在她後頭，最後一晚遛她的影子。

她回到旅館的房間，抵住窗邊，隔著窗簾縫偷看他獨自歸去的背影。

她想起許多年前，他頭一天開始跟蹤她的那個夜晚，她也是這樣目送著他離去，用她的眼睛佔領了他的背影。

她想起在北海道釧路茫茫無邊際的雪地上，她哭著伸手去後面想把被風吹開了的大衣帽兜拉回頭上去。她拉了好幾次都拉不到。最後一次，她覺得她好像碰到了一隻手，那隻手幫她提了提帽子。

她想起荷西旅館起火的那個聖誕夜，他抱著她拚命奔跑下樓梯，她抓住他的頸背，張開眼睛，看到他臉上淌滿汗水。

他們一起走過了萬水千山，腳下茫茫……她一度以為他是能夠結束淒苦無依和漫漫長夜的那個人。

她從來就沒有認清一個事實：他畢竟是她用錢僱來的。床頭金盡的一天，她終歸要失去他。

再見了，林克，再見。

她痴笑醉倒在床上，潰不成軍。

15

六個鐘頭之後她醒來。

她的一顆心翻騰著走下床，從窗簾縫偷偷看出去，目光所能抵達之處，再也沒有他的蹤影。

她枯站在窗邊，不知道今天和以後的日子要怎麼過。

她又打回原形了。

孤寂永隨，這是她的星座命盤，生命永恆的主題！

她溜回床上，一整天都沒出去，喝光了房間裡的那幾瓶小小的樣品酒，其中一瓶是純味伏特加，一瓶嗆喉的白蘭地，一瓶難喝的威士忌和一瓶味道怪怪的薄荷酒。

第二天，她醉茫茫地醒來，拖拉著腳步回到窗邊，推開窗看下去，赫然發現他。

她慌忙縮回來關上窗，隔著窗簾縫再看一遍。

是他。

他穿著一樣的藍夾克，在對街徘徊，沒發現她看他。

她看他看了很久。

他是來跟她道別的嗎？

她換好衣服，離開房間，走出旅館，在街上晃了一圈。

林克就像過去每一天一樣，在她百米之外，不曾離開。

第三天，第五天，第七天，他照樣每天來。

他們一起穿過漸深的暮色，走過夜色朦朧的寂寞長街。她在酒館裡喝桃子味伏特加，他喝白蘭地。她又開始重讀《生命中不能承受之輕》，書已經有些破爛捲角。他繼續做《數獨》。

他離去的背影在昏黃的街燈下漸漸消逝，天亮的時候又重回她眼前，不曾跟她說話，也不曾道別。

第八天，她打電話給戴德禮，問道：

『戴律師，我是路喜喜……你是不是已經通知偵探社那邊不要再派林克跟蹤我？』

『我已經通知了。他們這幾天都找不到林克，他沒去上班。他是不是還在跟蹤你？』

『沒有。』她掛掉電話，心中感到無限平靜。

這一天，她手頭的錢也用光了。

她一大早離開旅館去找小綠，想取回寄賣首飾的錢。

然而，當她抵達首飾店的時候，發現那兒已經變成了一家二手皮包店。她問店面那個臉生的女孩以前那家首飾店怎麼了。女孩回她說，聽說首飾店生意不好，三個月前就倒閉了。

怪不得小綠的手機停用了。現在還可以到哪裡去找她啊？

喜喜徬徨地從店裡走出來。

那筆小小的錢原本是她最後的希望，如今卻沒有了。

旅館沒法再住下去，她回去打包行李離開。

她拖著行李到墓園去，坐在養母的墳頭上讀那本《生命中不能承受之輕》。

暮色深沉，她從墓園出來，走了一大段路，吃了兩個甜麵包，到公園的水機喝水。

喝完水，她坐到公園的長椅上，在一盞街燈下面看書。

夜深深，公園關門了，她拎著行李出來，沿人行道走。

這時，她抬眼看到一間二十四小時營業的麥當勞。

16

喜喜用行李佔住角落的一個位子，買了一杯咖啡，繼續看書。

她瞥見林克坐在遙遠的另一個角落，背著她，應該正在做《數獨》。他面前有一排鏡子。

半夜三點鐘的麥當勞，零零散散地坐著一群不願回家的男孩和女孩，嘰嘰咯咯笑著，大聲說著話。有幾個流浪漢趴在桌上睡覺，甚至還打鼾，沒人理會。

她累垮了，把包包緊緊抱在懷裡，挨在手臂上打盹。

她不知不覺睡著了。

醒來的時候，她發覺自己頭埋桌子上，臉龐下面好像壓著一樣東西。

她抬起頭。那是一個麥當勞的紙袋。

她不記得她睡著之前桌上有個紙袋。

紙袋裡頭鼓鼓的，她好奇地打開來看，裡面有一疊鈔票。她數了數，總共有一萬塊錢。

她看向林克那邊，他背對著她，但是，牆上那一排鏡子照出他的形影。他正低著頭喝咖啡。

他給她錢！這個傻瓜！笨蛋！

她拿著他給的錢離開麥當勞，住進一家廉價旅館。

不過，她在那兒只住了一夜。

她一大早趁著林克還沒回來就打包行李退了房，搬到老遠鄰近紅燈區一家簡陋的日租小旅店，用一個假名登記。

她不想負累他。

她也不想他看著她凋零。

再見，林克，再見了。

也許這是她今生唯一一次做到了。她在最好的時候轉身離開，在對方心中留下時間永遠刮不落的身影。

她在侷促的房間裡翻開了行李，只留下《生命中不能承受之輕》和《百年孤寂》兩本書，把其他的書裝進行李箱裡，拿去捐給救世軍。

那個認得她的女職員說救世軍不要書。

她想問，為什麼衣服和家具是必需品，書卻不是。

但她沒問。

那個女職員愛書，要了她的書。

她把書從行李箱搬出來的時候，一角發黃的報紙從其中一本書裡掉了出來。

她彎身撿起那一角報紙。

高級酒吧誠聘鋼管舞孃，
樣貌端正，
毋須經驗，
可提供訓練，
工作自由，
薪水優渥。

她悲愴地笑了。

多年前的那天，她山窮水盡，撕下了報紙上的這則廣告。

如今她又山窮水盡了。

17

喜喜搖身一變成了美豔的鋼管舞孃。

她染了一頭劉海齊頸的紅髮，把身子塞進去那套分成兩截綴著流蘇的性感舞衣裡，露出一大片白皙的胸口和纖細的腰肢。

她的臍眼有如小花蕾，穿著黑色魚網吊襪帶的長腿，套上一雙酒紅色的麖皮高跟長靴。

她夜夜在那個鑲滿彩色燈泡、一直發亮延伸到吧台的長方形舞台上，纏繞著一根冰涼的鋼管起舞，賣弄著成熟卻又天真的風情。

她在酒吧裡的藝名叫珊兒，是來應徵的那天隨便想到的。

應徵的那天，那個女領班要她跳一段獨舞看看。

這一次『選角』，她終於『入選』了。

那個大家都叫她『媽媽』的女領班瞄了一眼她身分證上的年齡，對她說：

『三十二歲是大了些，不過，你身段好，會跳舞，那幾個臭丫頭沒有一個真的會跳舞！而且，你勝在有一雙脆弱的大眼睛，男人看了會心軟！你的嘴唇卻很叛逆！』

然後，媽媽說：

『這裡沒有舞孃會用真名，你打算叫什麼名字？』

於是，她變成了珊兒。

年逾六十的胖媽媽一身過時的風情。她臉上的化妝永遠煞停在她年輕美麗的那個時代，太厚太白，胭脂塗得太紅，兩條粗黑的眼線直插鬢角。這雙火辣的眼睛好像已經飽覽過人世間一切情愛，心底再也起不了波紋。

因此，她反而擅長古老的伎倆，教導喜喜如何用舞步挑起害羞男人的激情，滿足性狂熱男人的窺私欲，安撫孤寂的男人，也用她那雙脆弱大眼睛鼓舞沒有愛情的人。

喜喜跟著媽媽的話去做，而且做得出色，客人都為這個新來的舞孃著迷。

人生多麼的諷刺啊！她曾在另一個舞台上飽嚐被冷落的滋味，如今卻在這間酒吧裡贏得了無數仰慕的目光。

媽媽喜歡她，替她擋開了一干給她迷得神魂顛倒的仰慕者，為她省了不少麻煩。

她開始存錢。

沒輪到她出台的時候，她在後台那個盪著廉價香水味的化妝間裡讀書。

多年以後，她又再讀《百年孤寂》。

媽媽說，她是第一個會讀書的鋼管舞孃，問她家裡有什麼人。

她告訴媽媽，她只有一個哥哥，在西非開的小型運輸機。

她又說了那個長頸鹿流口水的故事。牠橫躺在機艙裡，腳頂住艙門，一滴口水從飛機起飛到降落都還沒有流到脖子去。

媽媽笑得花枝亂顫，全身的五花肉起了一陣波動。

『哥哥和我每年都會相約在一個地方見面。』她說。

時光是否永遠失落？永難喚回？

她一直惦記著林克，回首遠去的日子，心裡油然興起絕望的哀愁。

18

林克在失去她十四天之後終於找到她。

她出台的時候沒發現他。

那個駐場的中菲混血歌女就像過去每個晚上一樣，唱著蒼涼的情歌。

喜喜抱住那根亮晶晶的冰涼鋼管，把絕望的哀愁和永無止盡的思念化成靈魂深處的舞步。她的乳房仰望天空，眼睛俯視塵土，那雙在燈影下閃著炫人亮光的長腿一腳踏在愛情的荒漠上。

她美得驚人，這份美是歲月打造出來的。

她一根鋼管換一根鋼管，一直舞到吧台前方。吧台兩旁數十雙欲望的眼睛貪婪地仰視她。她痴笑輕狂，回首顧盼，猝然看到了他。

她失神了一下，抓住鋼管，以一個輕笑掩飾過去。

林克找到她了。

他是怎麼找到的？

天啊！她難道忘了嗎？他是偵探。

也許她一直都在等他。

她把他一路引來這裡，就像一個人向一隻貓拋出一個好玩的毛線球，明知道那隻貓終歸會受不住誘惑跟來。

季節變換，時光荏苒，她從來就沒有停止過把這個男人綑綁起來作為愛的對象。

如今他們兩個人都老了。

她舞到他跟前，抓住鋼管，朝他對面那個男人抬起一條腿。那人想伸手摸摸她的靴子，她揚起頭嗔笑，用鞋尖輕輕踩了踩他的肩膀，引來一陣笑聲。

這時，她雙手抓住一根鋼管，朝林克轉過身來。往日天涯，而今咫尺。她俯視他，他仰望她，兩個人之間只隔著幾吋的距離。他今夜喝的是桃子味伏特加。她的眼睛試探著他的目光。他那雙多情的眼睛曾經透露著亙古的孤寂，如今卻因為尋找她又多了一份失落，也因為嫉妒而發紅。

她看得心都碎了，傾身在他一人面前起舞。

她不是說過了嗎？嫉妒是愛情的徒刑。

她對他舞得太久，身後的人都開始鼓噪。
她把自己拋向另一根鋼管，跳著銷魂傷心的舞步，心中始終帶著他的影子。
那個歌女唱著每天晚上都會唱的一首歌：

那個長夜，
漫天星宿，
得睹芳容，
魂摧魄折，
想認識你，
想愛你，
想守護你，
換幾聲歡笑，
一場熱淚，
告別飄搖無根的生活。
我不是暗影，

我是歸人，
我，終究是愛你的。
她扭動身子舞回去，抓住一根鋼管在他眼前滑開來，俯身跟他面對面，凝望他的眼睛。
要是再有人敢因為她獨獨看他一人而鼓噪，她是有可能放一把火把這裡燒掉的。
她拿起他面前那杯伏特加，貼著唇邊，輕輕啜了一口酒，眼睛從酒杯上看他。
『先生，我們見過面的嗎？』她的聲音微顫，她的氣息在他臉上低語。
沒等他回答，她放下酒杯，抓住那根鋼管，轉了一圈。其他人紛紛朝她遞起酒杯，想她也喝一口。她沒喝，嘴角一咧笑了。
她迴轉到他跟前，繼續問道：
『你是不是常來的？我們在這裡見過嗎？』
多年以來，兩個人第一次對話。他眼裡憂鬱的神情消散了些，低聲說道：
『我第一次來……我找這裡找很久了。』

她一笑嫣然，抓住一根鋼管，如蝴蝶般對他展翅盤旋，喃喃說：

『那麼，我們會不會以前在什麼地方見過？東京？北海道？下雪的夜晚？還是火車上？』

她屈曲一條腿，與他等高。她的眼睛亮得像星星，在他眼裡輝映著光芒。

她看他竟看出了鄉愁來。

這一生，她只愛過一個人，後無來者。

她朝他伸出一隻修長的手，溫柔地用手指劃過他頸背上軟綿綿的髮腳，然後微笑舞著起來，收回那隻手。

其他人嚷著也要她摸摸。她淡淡一笑，傲然揚起粉撲撲的下巴，一路舞回去舞台的另一端。

我不是暗影，
我是歸人，
我，終究是愛你的。

長方形舞台上的燈在她身後一盞盞熄滅，送她翩然歸去。

她滿臉汗水，垂首不語。

愛情是一百年的孤寂，直到遇上那個矢志不渝守護著你的人，那一刻，所有苦澀的孤獨，都有了歸途。

19

喜喜走回去後台，媽媽在走廊上一直追著她，好奇地打聽：

『剛剛那個男人是不是你男朋友？』

她沒回答。

『是舊情人？』

她沒回答，閃身進化妝間，把門從裡面關上，笑著從門縫說：

『媽媽，我要換衣服！』

她聽到媽媽在外面咕噥了幾聲。

她坐到一把椅子裡，脫掉腳上的長靴，用一張手巾紙抹掉臉上淋漓的汗水。

這時，外面有人敲門。

她看向門那邊大聲說：

『媽媽，我不想說呀！』

敲門聲依然繼續。

她不情願地站起身去開門。

『我說了不想說……』

她打開門，站在門外的不是媽媽，是一個陌生男人，約莫四十歲，一張方形臉，身上穿著米色的風衣，目光炯炯。

『你找誰？』她隨手抓起一件外套披在身上。

『你是不是路喜喜小姐？』

『是的，請問你是誰？』

她怔了怔，答道：

那人亮出證件。

『我是北區重案組的陳雲治督察。』

『你找我什麼事？』

『路明是你哥哥嗎？』

她微顫點頭。

『我們找到了他的骸骨。』

她忍不住悚然寒慄，淚水盈眶。

『你說什麼？我不明白。』她的聲音發抖。

對方拿出一本記事簿來，翻到其中一頁：

『你哥哥二十年前失蹤的時候，你報了警？』

她點點頭。

對方繼續說下去：

『警方一直找不到他，只知道他失蹤前跟一群童黨來往密切。童黨的首領十八年前因為殺害另外兩個人被捕。他在獄中一直否認殺人。最近，他信了教，誠心悔改，不但承認他殺死兩個人，更供出他二十年前殺了另一個人，那個人就是你哥哥路明。他們本來打算綁架一個富商的小兒子，路明不肯。他怕他揭發他們，把他殺了，埋在一個山頭。我們最近把骸骨挖了出來。』

她全身簌簌發抖。

『不可能，那不是我哥哥。』

『我們對比過遺傳基因，你哥哥的遺傳基因跟骸骨的遺傳基因非常吻合。』

她搖著頭，嘴唇在哆嗦：

『不可能……我哥哥不是壞人……』

那個警探從懷中掏出一條已經氧化了的銀鍊子，鍊子的末端附著一個天蠍座的墜子。

『你認不認得這條鍊子是不是你哥哥的？我們是在那堆骸骨裡找到的。』

她伸出抖顫的手接過那條已經變色的銀鍊子，看了看，一口咬定說：

『我沒見過。』

那人同情地看了她一眼，說：

『路小姐，什麼時候你方便來警局一趟？』

『我哥哥沒死！你弄錯了！』她把門從裡面關上，挨在門背上，緊緊抓住那個天蠍座的墜子，指甲掐陷入掌心。

這個墜子是她親手做給哥哥的。

她的一顆心曾經抵擋過現實生活中最無情的打擊，卻受不了往事的折磨。

這是她一生中最辛酸的部分，夾雜著悔恨和罪疚。

哥哥是她害的。她永遠不會原諒自己，是她一再用眼淚和謊言來逼哥哥的，結果把他一步一步逼上了黃泉路。

那個悽苦的星期三，哥哥來看她，她又一次掛著滿臉淚痕催逼哥哥：

『你快點接我走吧！那個人真的會送我回孤兒院去！我聽到她打電話給院長，我寧願死也不回去！我苦死了！那個人還打我！』

哥哥用手指幫她擦著眼淚說：

『我就是來告訴你，哥哥很快會有錢接你走，我們以後一起生活！誰也不離開誰。』

『真的？』她抽著鼻子哭泣。

哥哥下樓去的時候，她走出去陽台看他。

哥哥以前都是一個人搭車回去的。然而，那天，她看到一部黑色小汽車在下面等他。三個叼著煙的小混混，站在車邊大聲說著粗話聊天。

哥哥上了那輛車。

那天之後，他再也沒有回來了。

十八年前，她在報紙上看到一宗童黨殺人的新聞，她認得那個被捕的首領就是那天其中的一個人。兩個死者的照片登了出來，不是哥哥。

哥哥要不是已經遭遇不測，決不會丟下她。可是，她不相信命運，她一直想念他，深信他會回來。

那天，是她最後一次見到哥哥。

她撥開陽台的欄杆上一束遮住她視線的紫色藤蔓，跟哥哥揮手。

哥哥穿著一件藍夾克，轉頭看上來，微笑揮手叫她回去。

她多麼想念那天揮別的陽台。這是她一生中最悲傷的往事。

要是時光可以重來，她會叫哥哥別上車。

20

她換好衣服，穿回長靴，把那條銀鍊子放到身上米色風衣的口袋裡。

她打開門，從化妝間出來。

那個警探已經走了。

她蹣跚地穿過後台昏暗的長廊，朝後門晃去。

藉著死亡，

我們直抵天上星辰。

她推開那扇沉甸甸的後門，抬頭看到無雲的夜空上亮著幾顆晚星。

哥哥在星星裡，這是她生命永恆的主題。她又快樂了起來。

她看過去，看到對街那個穿藍夾克的身影。

他一直在等她。

她走在柏油路面的邊邊上，走在回去的路上。

林克朝她走了過來。他不是走在她百米之遙，而是走在她的身邊。

兩個人默默而幸福地走著。

她對他說：

『要是你明天來這兒，就見不到我了。』

他訝然問她：

『你要去哪裡？』

『我明天要結婚了！』

他臉上的表情凝住了，酸楚地問：

『你跟誰結婚？』

『我跟會跟我結婚的那個人結婚啊！』她離開他身邊，悠悠地走在前方。

走了幾步，她臉朝他轉過來，倒退著走，那雙黑亮脆弱的大眼睛望著他，輕柔地問：

『你知道這個人在什麼地方嗎？』

（註）引用譯文書目：

《生命中不能承受之輕》：

米蘭・昆德拉著，尉遲秀譯（皇冠文化，二〇〇四年）

《不朽》：

米蘭・昆德拉著，尉遲秀譯（皇冠文化，二〇〇五年）

張小嫻長篇小說溫暖力作！

長夜裡擁抱

長夜裡，星星都出來了，
她卻突然覺得鼻子酸酸的，眼裡有些濕潤，
可以擁抱一下嗎？
那種熟悉的感覺，難以言喻……

不管是滿天的星星，還是飄過的雪花，
時光隧道的哪一端，
他們曾有過甜蜜的時光，

只要珍美能夠醒來，她不認得我也沒關係，忘記我也好。
我答應，我什麼也不會說，除非她有一天自己記起來。

但是為何他們的相遇彷彿都在重演這一幕，
他一直在等待，而她卻永遠都不可能認得他。
在不知不覺中，
把他的身影從生活中抖落了……

任何東西都能買，
也能賣，
那……愛情呢？

紅顏露水

邢露，有一張如花般亮麗的容顏、一雙如水般深邃的眸子。因為留戀繁華過往的窮畫家父親，邢露從小便了解自己的骨子裡，有著嚮往奢華的天性；因為視錢如命的勢利母親，她也有一顆不滿於貧窮現實的好勝心。

當徐承勳出現時，邢露很快就讓他落入了『愛的陷阱』。她一步步算計著他的反應，卻也在不知不覺中，逐漸失去內心的防線！

徐承勳是真的愛著她的。這個有著繪畫天分的大男孩，不僅畫出了她心中的夢，願意為她擺攤賣畫，甚至，想與她生一個孩子。

但是，她也可以愛上他嗎？對一個曾經受過傷，如今選擇出賣自己愛情的女人來說，真的可以得到幸福嗎？……

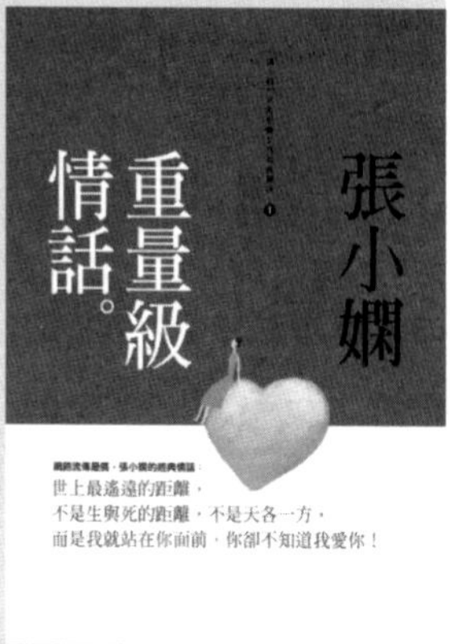

張小嫻10年有愛
散文精選典藏版 1

重量級情話

網路流傳最廣，張小嫻的經典情話：
世上最遙遠的距離，不是生與死的距離，
不是天各一方，
而是我就站在你面前，你卻不知道我愛你！
想愛，就看張小嫻！

重量級的愛情天后張小嫻，十年來不斷的綻放出獨一無二的愛情思索，一語道破我們面對愛情的甜蜜和孤單，輕透明晰的情話每每牽動著我們的心。

在小嫻的散文裡有體貼，讓我們總能放下不安的心去面對愛情。在小嫻的情話裡有坦然，讓我們不論何時何地都能在其中找到慰藉。因為小嫻，讓我們終會明白，自己的愛情、自己的心情……

張小嫻10年有愛
散文精選典藏版 2

男人要的三份禮物

愛一個世界大一點的男人，你也會變得海闊天空。
愛一個小世界的小男人，你只會退步。
想了解男人，就看張小嫻！

女人最完美的戀愛生活：
永遠被十來歲的男孩子思慕，
被二十來歲的男人仰慕，
跟三十來歲的男人戀愛，
被四十來歲的男人深情地愛著，
與五十來歲的男人討論人生……

在小嫻的散文裡有透徹，因此我們開始瞭解，男人是用『耳朵傾聽』來發出愛的信號。在小嫻的情話裡有了悟，所以我們開始明白，女人只有在愛情裡才能成長。因為小嫻，我們終於開始知道，該如何談一場『聰明』的戀愛……

張小嫻10年有愛
散文精選典藏版 3

你微笑，我說謊

美好的愛情，不是讓我們變得自私，
而是使我們變得善良和寬容……
戀愛旅途再出發，必讀張小嫻！

對男人，妳可以撒這些謊話：
『你很幽默！』（即使他的笑話令妳打呵欠。）
『你看起來很年輕啊！』
（即使他的皺紋可以夾死一隻螞蟻。）

對女人，你不妨說這些謊話：
『妳今天很漂亮。』
（即使你認為她那一身衣著很沒品味。）
『妳看起來很年輕啊！』
（雖然她比上一次跟你見面時老了一些。）
『單身很好啊！』
（既然她已經很久沒有談戀愛。）

小時候撒謊，撒的是不必要的謊言，純粹為了逃避責罰。長大了，我們才明白，人生，總有需要**撒謊**的時候，為的只是對方一個**微笑**……

國家圖書館出版品預行編目資料

我終究是愛你的 / 張小嫻 著.--初版.--臺北市：
皇冠文化. 2008.07
面；公分（皇冠叢書；第3754種）
（張小嫻作品；39）
ISBN 978-957-33-2432-4（平裝）

857.7　　　　　　　　　　97009676

皇冠叢書第3754種
張小嫻作品 39

我終究是愛你的

作　　者─張小嫻
發 行 人─平雲
出版發行─皇冠文化出版有限公司
台北市敦化北路120巷50號
電話◎02-2716-8888
郵撥帳號◎15261516號
出版統籌─盧春旭
責任編輯─沈書萱
美術設計─王瓊瑤
行銷企劃─周慧真
印　　務─林佳燕
校　　對─鮑秀珍・沈書萱
著作完成日期─2007年
初版一刷日期─2008年7月

法律顧問─王惠光律師

讀者服務傳真專線◎02-27150507
電腦編號◎379039
ISBN◎978-957-33-2432-4
Printed in Taiwan
本書僅限台澎金馬地區銷售
本書定價◎新台幣240元